Das Buch:

Der Student Johannes Gilmer stirbt an einer Überdosis Kokain. Scheinbar eine klare Sache. Dann landet der Fall bei Kommissar Jörgensen auf dem Tisch. Ist vielleicht alles viel komplizierter als gedacht? Sind nicht nur Drogen im Spiel? Steckt vielleicht etwas ganz anderes dahinter?

Dann zeigt sich, dass Johannes Gilmer nur der Erste war, der sterben musste.

Kommissar Jörgensen von der Kieler Kriminalpolizei ermittelt, und sein alter Chef Kommissar i.R. Kühl mischt mit.

Der Autor:

D.G. Ambronn (Jahrgang 1955) studierte Germanistik und Anglistik in seiner schleswig-holsteinischen Heimat. Seit einigen Jahren widmet er sich dem Schreiben.

Weitere Bücher von D.G. Ambronn:

Dass du in Venedig wärst (Roman)
Und was ist mit Rosemarie? Ein Kieler Kriminal-
      roman
Eine irische Winterreise und andere Erzählungen und
      Kurzgeschichten

D.G. Ambronn

Unbezähmbare Gezeiten

Ein Kieler Kriminalroman

Hinweis:
Dies ist ein Roman. Die Personen und Ereignisse in diesem Buch existieren nur in der Fantasie des Autors. Übereinstimmungen mit der Wirklichkeit sind rein zufällig. Dies gilt auch für die tatsächliche Arbeitsweise der Kriminalpolizei in Kiel oder anderswo. Ähnlichkeiten sind zwar hier und da möglich, aber nicht zwangsläufig.

Bibliografische Information der Deutschen Nationalbibliothek:
Die Deutsche Nationalbibliothek verzeichnet diese Publikation in der Deutschen Nationalbibliografie; detaillierte bibliografische Daten sind im Internet über http://dnb.dnb.de abrufbar.

Herstellung und Verlag: BoD – Books on Demand, Norderstedt

ISBN: 9783754342176

*Euer Feind, der Teufel, geht umher wie ein brül-
lender Löwe, immer auf der Suche nach einem,
den er verschlingen kann.*

1. Brief des Petrus

PERSONEN

Apollonia „Loni" Sommer *findet einen Toten,*
Johannes Gilmer *ist der, der gefunden wird,*
Bruno Roswall *war mit Johannes in Albanien,*
Marit May *wurde von Johannes ‚Entlein' genannt,*
Georg Gilmer *hat gute Beziehungen, außer zu
        seinem Sohn Johannes,*
Rik Britman *geht Gilmer bei allem zur Hand,*
Saskia Schmidt *macht das auch,*
Mechthild Landsberg *hütet ihre Herde,*
Carlotta Gilmer *ist ihre Tochter,*
Irmentraut Frenzen *interessiert sich nicht nur für die
        Landwirtschaft,*
Tycho Frenzen *wartet auf die große Story,*
Dr. Martin *ist misstrauisch,*
Sabrina Jörgensen *mag es nicht, wenn man ihr
        Essen mit langen Zähnen isst,*
Kommissar Jörg-Peter Jörgensen *soll einen
        Fall aufklären, der anfangs gar kein Fall zu
        sein schien,*
Kommissar i.R. Richmuth Kühl *lebt in einer
        Seniorenwohnung und hört allerlei Tratsch,*
und der Kater *bleibt im Bett.*

Montag

(Der erste Tag)

1. Kapitel

Wehmütig betrachtete er den wolkenverhangenen Himmel. Trist und grau erinnerte er daran, dass der Herbst bald dem Sommer ein Ende bereiten würde. Er dachte an die drei Wochen, die hinter ihm lagen. Es hatte auch zwei oder drei Tage gegeben, an denen es regnete und der Himmel so aussah wie der Kieler Himmel heute. Aber an diese Tage konnte er sich nur noch ganz dunkel entsinnen. Geblieben war nur die Erinnerung an die sanften Hügel in jenem besonderen Licht, immer ein wenig dunstig und so den Farben alles Grelle nehmend. Hügel, hinter denen sich oft weitere Hügel erhoben und dann noch mehr Hügel. Wie Meereswellen, die schließlich in der Ferne in einem milchigen Graublau verschwanden. Er sah vor sich wieder die Weingärten, die Olivenhaine, die von Zypressen gesäumten Alleen, hier und da die ausladenden Kronen der Pinien und die malerischen kleinen Dörfer, deren Häuser sich auf den steilen Hügeln Schutz suchend um eine Kirche herum aneinanderschmiegten.

Und dann fiel ihm jener Abend ein, als sie von einem Restaurantbesuch in einem kleinen Nest – Hatte es nicht

Bibbona geheißen? – durch die stille und nur von den Sternen erhellte warme Sommernacht zu ihrer Unterkunft außerhalb des Ortes gegangen waren und plötzlich Leuchtkäfer gesehen hatten. Er hatte Sabrina an sich gedrückt, während sie dastanden und sich wie die kleinen Kinder über den ungewohnten Anblick freuten.

Aber jetzt saß er wieder hier in der Blume, oben unterm Dach, wo die Mordkommission residierte, und sein Blick kehrte zum Computerbildschirm zurück. Er vertiefte sich in die Einzelheiten der Ermittlungen im Fall der bulgarischen Prostituierten, die während der letzten Kieler Woche ermordet worden war. Obwohl seitdem zwei Monate vergangen waren, gab es immer noch keine heiße Spur. Auch während seines Urlaubs hatten die Kollegen keine Fortschritte gemacht. Alles in allem frustrierend, aber nicht ungewöhnlich. Was, fragte er sich, konnten sie tun, um Bewegung in die Sache zu bringen? Hatten sie etwas übersehen? Gab es etwas, was sie nicht bedacht hatten?

Das Telefon riss ihn aus seinen Überlegungen. Kriminaloberrat Holm wollte ihn sprechen. Jörgensen seufzte und machte sich auf den Weg.

„Wir haben hier einen kniffligen Fall", eröffnete sein Vorgesetzter ihm, nachdem sie ein paar höfliche Floskeln ausgetauscht hatten. „Es geht um einen Junkie, der sich den goldenen Schuss gesetzt hat. Auf den ersten Blick eine eindeutige Angelegenheit. Auch wenn es ein Junge aus gutem Hause gewesen ist. Kann halt überall passieren. Aber Dr. Martin sind ein paar Dinge aufgefallen, die ihn misstrauisch gemacht haben."

Jörgensen kannte Dr. Martin nur flüchtig. Er arbeitete erst seit Kurzem in der Rechtsmedizin, aber er wusste, dass er seinen Job sehr gewissenhaft machte.

„Kümmern Sie sich um die Sache, ja?"

Jörgensen nickte wortlos.

„Was ich sagen wollte ist, kümmern Sie sich bitte *persönlich* darum? Der Vater des Toten ist Georg Gilmer. Sie wissen doch, dieser Sozialheini. Der kennt nicht nur den einen oder anderen von den Presseleuten, er ist auch gut in die Politik hinein vernetzt. Vor allem zu den Grünen, und die sind bekanntlich nicht unsere besten Freunde. Wenn Gilmer uns die auf den Hals hetzt ... Ich verlasse mich auf Sie. Seien Sie vorsichtig und machen Sie keinen Blödsinn. Verstanden?"

Jörgensen hatte verstanden.

„Haben Sie übrigens schon Ihre neue Mitarbeiterin kennengelernt? Ja? Sehr gut. Betüdeln Sie sie ein bisschen. Es ist zu schade, dass Frau Waldvogel schon wieder im Mutterschutz ist. Ich hatte gehofft, sie könnte Ihre Nachfolgerin werden. Sie gehen ja bald in den wohlverdienten Ruhestand, mein lieber Herr Jörgensen. Aber eine Kommissarin mit zwei Kindern? Dabei brauchen wir doch dringend mehr Frauen. Vor allem in Führungspositionen. Für Leute wie Ihrem alten Chef, diesem Richmuth Kühl, ist bei uns heutzutage kein Platz mehr.

Als ich hierher versetzt wurde, war er ja schon weg, und dafür bin ich auch sehr dankbar. Es reicht, dass die Kollegen beim Bier Geschichtchen vom alten Kühl erzählen und sich dabei vor Vergnügen auf die Schenkel klopfen. Heute brauchen wir hier bei der Polizei keine Typen mehr. Wir brauchen vor allem Frauen. Aber das sagte ich ja bereits. Wenn eine Frau in diesem Land Bundeskanzler werden kann, dann erwartet man, dass die auch hier bei uns Karriere machen. Ich hoffe, Sie sind mit mir einer Meinung, Herr Jörgensen. Gut. Also seien Sie nett zu Frau Morel."

Als Jörgensen wieder in seinem Büro war, überflog er den recht schmalen Vorgang, den Holm ihm mitgegeben hatte. Dann rief er Sattler zu sich.

„Ich hab den Fall Gilmer auf dem Tisch. Wer hat sich bisher um die Sache gekümmert?"

„Gilmer? Ist das der Junge, der gestern an einer Überdosis gestorben ist?" Sattlers graublaue Augen sahen ihn wie so oft ein bisschen orientierungslos an. „Eigentlich keiner."

„Waren die Leute vom Dauerdienst denn nicht dort?"

„Vom KDD? Ich glaube schon. Aber es war doch eine ziemlich klare Sache. Halt ein Junkie, der nicht genug kriegen konnte."

„Also, dann machen Sie sich jetzt bitte mal schlau, was da gestern genau gelaufen ist. Ich höre mir inzwischen an, was Dr. Martin zu erzählen hat."

Jörgensen rief das Rechtsmedizinische Institut im Uniklinikum an. Es dauerte eine Weile, bis er Dr. Martin am Apparat hatte.

„Tut mir leid, dass Sie warten mussten. Ich war gerade mitten in einer Untersuchung. Ja, ein komischer Fall, dieser Johannes Gilmer. Todesursache vermutlich Atemdepression würde ich sagen. Er hatte sich Kokain gespritzt, das obendrein mit Fentanyl gestreckt war. Das behaupten die Leute von der Toxikologie jedenfalls, und wir wollen ihnen ausnahmsweise mal glauben."

„Gespritzt? Ich habe immer nur davon gehört, dass die Leute Kokain schnupfen."

„Die Reichen und die Schönen, die ja. Wer aufs Geld sehen muss, spritzt es lieber. Da hat man mehr davon."

„Verstehe."

„Also, was ich sagen wollte. Spritzen ist ziemlich gefährlich, weil die Wirkung viel schneller eintritt als beim Schnupfen. In Sekundenschnelle. Außerdem war da auch noch, wie gesagt, das Fentanyl. Es kommt immer wieder vor, dass Kokain oder Heroin damit ein wenig gestreckt werden, aber hier war der Anteil wohl unge-wöhnlich hoch."

„Und was ist an diesem Fentanyl so besonders?"

„Es ist ein synthetisches Opioid. Wird normalerweise Krebspatienten in der letzten Phase verabreicht. Wenn nichts anderes mehr hilft. Wirkt ungefähr 100 Mal stär-ker als Morphium, ist darum aber auch verdammt gefährlich. Vor allem, wenn man es zusammen mit Kokain konsumiert."

„Warum nimmt man es denn überhaupt zum Strecken?"

„Es steigert die Wirkung und außerdem ist es billig und leicht zu beschaffen. Wird massenweise in China produziert. Und nicht nur da. Wenn man einen Chemiebaukasten hat, kann man es im Zweifelsfall sogar selbst herstellen."

„Aha. Aber irgendetwas an der Sache gefällt Ihnen nicht, oder?"

„Stimmt. Der Junge war Anfang zwanzig und kerngesund. Fit wie'n Turnschuh. Keine Hinweise auf einen längerfristigen Drogenmissbrauch. Auch keine Spuren, dass er jemals zuvor irgendwas gespritzt hat. Nur die eine einzige Einstichstelle. Auch nicht die typischen Entzündungen, die man bei Leuten findet, die sich Koks spritzen. Ich würde fast sagen, er ist zum ersten Mal in seinem Leben mit dem Zeug in Berührung gekommen. Die Kollegen werden sicherheitshalber auch noch eine Gaschromatografie mit einer Probe der Haare von dem Jungen durchführen. Aber ich bin sicher, dabei wird nichts anderes rauskommen, als was ich Ihnen jetzt gesagt habe."

„Dann hat er es bei diesem ersten Mal wohl übertrieben."

„Stimmt. Er war sogar so leichtsinnig, es sich im Stehen zu spritzen." Der Mediziner lachte leise.

„Was wollen Sie damit sagen?"

„Er ist danach hingefallen und hat sich ganz böse den Kopf gestoßen. Ich sagte ja, wenn man es sich spritzt, wirkt es innerhalb von Sekunden." Und nach einer kurzen Pause fügte er hinzu: „Na ja, oder jemand hat ihm erst eins über den Schädel gegeben und ihm dann den Schuss gesetzt."

„Verstehe ich Sie richtig? Sie meinen, jemand hat ...?"

„Ich bin Mediziner, kein Polizist. Ich sage Ihnen nur, was ich festgestellt habe. Was daraus für Schlüsse gezogen werden müssen, das ist Ihr Job. Er weist jedenfalls eine Kopfverletzung auf, die aber nicht die Todesursache gewesen ist."

„Aber ausreichend, um ihn ...?"

„Genau."

Jörgensen dankte dem Doktor und ging dann zu Sattler.

„Also? Was war los?"

„Der Rettungsdienst und der Notarzt waren zuerst da, haben die Spritze gesehen und gleich an Drogen gedacht, und weil der Junge tot war, haben sie die zuständige Wache alarmiert, und die haben eine Streife hingeschickt. Der Notarzt hat sich darauf beschränkt, den Tod festzustellen. Aber weil eine unnatürliche Todesursache höchst wahrscheinlich war, haben die Jungs vom Dauerdienst die Leiche in die Rechtsmedizin bringen lassen. Ja, und dann hat man die Angehörigen ermittelt und informiert und die obligatorische Meldung an die Staatsanwaltschaft rausgehauen und das war's."

„Mmh. Die Jungs haben sich doch sicher wenigstens ein bisschen in der Wohnung von diesem Gilmer umgesehen, oder?"

„Na klar. Sie haben kleine Mengen an Koks gefunden, zwei oder drei Einmalspritzen, ein paar Joints, aber alles eigentlich nicht der Rede wert."

„Wer hat den Toten denn überhaupt entdeckt?"

„So ein Mädel, eine Studentin. Die war mit dem Jungen verabredet."

„Und wie kriege ich diese Studentin?"

„Steht das nicht in der Akte?"

„Habe ich wohl überlesen."

Apollonia Sommer wohnte in der Olshausenstraße in einem der Altbauten ganz oben unterm Dach, und Kommissar Jörgensen hatte das Glück, sie dort auch anzutreffen.

Er sah sich interessiert in ihrem kleinen, aber halbwegs aufgeräumten Ein-Zimmer-Appartement mit Hochbett und Kochnische um.

„Möbliert gemietet", meinte sie, als sie seinen Blick bemerkte.

Sie hatte eine offene und lebhafte Art, die dem Kommissar gefiel. Er nannte ihr den Grund seines Besuchs.

„Hab ich mir schon gedacht. Der arme Johannes. Er war doch noch viel zu jung, um zu sterben."

„Waren Sie näher mit ihm bekannt?"

„Na ja, so vom Studium halt. Wir haben manchmal Sachen zusammen gemacht, Referate und so."

„Hatten Sie einen Schlüssel zu seiner Wohnung?"

„Nein, natürlich nicht."

„Wie sind Sie denn gestern in die Wohnung reingekommen?"

„Erst habe ich unten an der Haustür geklingelt. Während ich gewartet habe, kam jemand raus und ich bin halt rein. Oben bei Johannes habe ich wieder geklingelt. Ich habe einen Moment gewartet, dann habe ich die Klinke probiert. Wissen Sie, ich bin da nicht so schüchtern. Es war nicht abgeschlossen. Also habe ich mir gesagt, Johannes muss da sein. Ich dachte, er hat die Tür offengelassen wegen mir, weil wir ja verabredet waren. Na ja, und er war ja auch da. Er lag im Wohnzimmer auf dem Sofa. Ich hab ihn an der Schulter gefasst, um ihn wachzurütteln, aber ich hab sofort gemerkt, dass er nicht nur am Schlafen ist. Da habe ich die 112 gewählt, und es hat Gott sei Dank nicht lange gedauert, bis die Sannies da waren. Irgendwann kam dann auch der Notarzt, und der hat festgestellt, dass Johannes tot ist. Ich konnte das alles nicht ertragen und wollte weg, aber die Sannies meinten, ich müsste warten, bis die Polizei kommt. Ich habe mich in die Küche verdrückt. Später habe ich denen dann meinen Spruch aufgesagt und bin abgehauen."

„Wussten Sie, dass Gilmer Drogen nahm?"

„Kein bisschen. Mir ist nie was aufgefallen. Aber *so* gut kannten wir uns auch wieder nicht. Wir hatten nichts miteinander, wenn Sie verstehen, was ich meine."

„Und Sie? Nehmen Sie Drogen?"

„Fehlanzeige." Dann lachte sie. „Na gut, vielleicht mal einen Ballon auf einer Fete, das schon. Wer macht das nicht?"

„Einen Ballon?"

„Na, Sie wissen schon, Hippy Crack, diese Kapseln für die Schlagsahne. Ist ja auch nicht verboten, oder? Ich hätte nie gedacht, dass Johannes härtere Sachen nimmt. Er war eigentlich nicht der Typ dafür. Er stand mehr auf Sport und gesunde Ernährung und so was alles."

„Sie waren gestern nicht zum ersten Mal in der Wohnung von Johannes Gilmer, wenn ich richtig verstehe."

„Nein, ich sagte ja, wir hatten schon ein paar Mal was zusammen gemacht. Und meistens haben wir uns bei ihm getroffen. Da war es nicht so beengt wie hier." Mit einer flüchtigen Geste wies sie auf ihr kleines Appartement und lächelte dabei schief. „Gestern waren wir verabredet, weil wir eine gemeinsame Seminararbeit schreiben sollten, nämlich über *Becket oder die Ehre Gottes* von Jean Anouilh und den historischen Hintergrund dieses Stückes. Eine mühsame Angelegenheit. Ziemlich trockenes Thema, aber Johannes mochte so was."

„Sie kannten also seine Wohnung recht gut. Ist Ihnen gestern dort irgendetwas aufgefallen?"

„Nein, nichts. Es war alles wie immer."

„Denken Sie genau nach. Versuchen Sie sich an gestern zu erinnern. Sie haben die Wohnungstür geöffnet und sind reingegangen. Was haben Sie gesehen? Als sie in den Raum kamen, wo Sie Johannes Gilmer fanden. Ist Ihnen da etwas aufgefallen?"

Sie überlegte eine Weile mit geschlossenen Augen.

„Etwas fällt mir jetzt ein. Sein Laptop, der stand auf dem Schreibtisch, und der lief immer noch. Ich meine, er war noch nicht im Ruhemodus. Möglicherweise hat Johannes kurz vorher noch daran gearbeitet. Wenn ich mir vorstelle, er könnte noch gar nicht so lange tot gewesen sein ... furchtbarer Gedanke!"

Als Nächstes wollte Jörgensen mit den Eltern von Johannes Gilmer sprechen. Im Laufe seines Berufslebens hatte er sich daran gewöhnen müssen, trauernde Angehörige mit seinen Fragen zu belästigen, aber er tat es immer noch ungern. Wenigstens war er es nicht, der die Nachricht vom Tod des Jungen überbringen musste. Andererseits machte die eindringliche Warnung von Kriminaloberrat Holm wegen der guten Beziehungen des Vaters die Sache beileibe nicht angenehmer.

Die Gilmers wohnten in Düsternbrook im Niemannsweg. Zur Straße hin war ihr Haus durch Bäume und Sträucher vor neugierigen Blicken fast gänzlich verborgen. Jörgensen entdeckte das Haus nur dank der an einem Pfeiler neben der Auffahrt angebrachten Hausnummer. Er parkte seinen Wagen am Straßenrand und betrat das Grundstück. Es lagen kaum mehr als 500 Meter und doch Welten zwischen dem Altbau mit der armseligen Studentenbude von Apollonia Sommer und dieser schmucken, zweigeschossigen Jugendstilvilla.

An der Haustür standen zwei Namen, Gilmer und Landsberg. Mechthild Landsberg, so viel wusste er, war die Ehefrau von Georg Gilmer.

Jörgensen klingelte.

Eine kleine, rundliche Frau öffnete. Sie mochte Mitte fünfzig sein und er fragte sich, ob ihre Haare wirklich noch blond oder schon gefärbt waren. Sie musterte ihn ernst, aber nicht abweisend.

„Frau Landsberg?" Jörgensen stellte sich vor. „Ich würde Ihnen gerne ein paar Fragen stellen. Wenn ich ungelegen komme, sagen Sie es ruhig."

Sie zögerte einen Moment, aber dann bat sie ihn herein. Sie führte ihn in einen Raum, der offensichtlich als Arbeitszimmer fungierte. Es war ein lichtdurchflutetes Eckzimmer mit Regalen voller Bücher und Zeitschriften, einem Schreibtisch, auf dem inmitten von Büchern und Papieren ein Laptop stand. In einer Ecke in Fensternähe waren drei Stühle um ein kleines Tischchen gruppiert.

Jörgensen erinnerte sich, in der Akte gelesen zu haben, dass Mechthild Landsberg Pastorin war.

„Ich hoffe, die Unordnung hier stört Sie nicht." Sie lächelte ein wenig gequält. „Wir hätten ins Wohnzimmer gehen sollen, aber ich bin es gewohnt, Besucher hier zu empfangen."

„Machen Sie keine Umstände, Frau Landsberg."

„Dann nehmen Sie doch bitte Platz."

Jörgensen setzte sich mit dem Rücken zum Fenster und bemerkte an der gegenüberliegenden Wand neben der Tür ein großes, geschnitztes Kruzifix.

Mechthild Landsberg registrierte seinen Blick. „Ein katholischer Kollege hat es mir geschenkt. Es stammt aus einer Kirche, die aufgegeben und abgerissen werden musste." Für einen Moment senkte sie ihren Blick, dann fixierte sie Jörgensen. „Sie kommen wegen Johannes, nehme ich an. Was kann ich für Sie tun?"

„Es tut mir leid, Sie so kurz nach diesem traurigen Ereignis belästigen zu müssen."

Sie versuchte zu lächeln. „Machen Sie sich deswegen keine Gedanken. Der Tod ist mein tägliches Geschäft. Hin und wieder auch mal eine Taufe oder eine Trauung, aber meistens sind es Trauerfeiern."

„Nun, ich will versuchen, Ihre Zeit nicht zu sehr in Anspruch zu nehmen. Ich bin gekommen, weil im Zusammenhang mit dem Tod Ihres Sohnes ein paar Unstimmigkeiten aufgetaucht sind, und denen müssen wir nun nachgehen."

„Unstimmigkeiten?"

„Die Todesursache", fuhr Jörgensen unbeirrt fort, „war Kokain beziehungsweise ein Mix aus Kokain und Fentanyl. Wussten Sie, dass Ihr Sohn Drogen nimmt? Ich meine, harte Drogen?"

„Nein, ich hätte das auch nie für möglich gehalten. Aber ich fürchte, Sie erleben es häufiger, dass Eltern aus allen Wolken fallen, wenn Sie so etwas fragen."

„Nun, es war wohl auch nicht erkennbar, dass Ihr Sohn abhängig war. Wohnte er schon lange nicht mehr bei Ihnen?"

Sie zögerte einen Moment mit der Antwort. „Vor anderthalb Jahren ist er ausgezogen, kurz nachdem er mit dem Studium angefangen hatte." Und dann gab sie sich einen Ruck. „Er verstand sich nicht mehr so richtig mit seinem Vater."

„Erlauben Sie mir zu fragen, warum das so war? Gab es einen konkreten Anlass?"

„Nein, eigentlich nicht."

„Mmh. Wissen Sie etwas über den Umgang Ihres Sohnes? Freunde? Mädchen?"

„Ich muss gestehen, seit er nicht mehr bei uns lebte, wusste ich darüber nicht mehr so genau Bescheid. Während seiner Schulzeit hatte er einen Freund, den Bruno. Die beiden waren damals unzertrennlich."

„Die Freundschaft besteht aber nicht mehr, wenn ich Sie richtig verstehe."

„Nein, so viel ich weiß, sahen die beiden sich kaum noch. Nach dem Abitur sind sie zusammen für etliche Wochen mit einer alten Karre in den Süden gefahren. Wir haben uns damals viele Sorgen um die beiden gemacht. Aber sie sind heil und gesund zurückgekommen, nur ..."

„Nur?"

„Irgendwie war Johannes ein anderer Mensch. Ernster. In sich gekehrt. Und auch kritischer. Er hat uns dies und das von der Reise erzählt, aber nichts, was seine Veränderung erklärt hätte. Vielleicht ... wenn wir Bruno gefragt hätten, was vorgefallen ist ... Aber das haben wir selbstverständlich nicht getan. Wenn es etwas war, worüber Johannes nicht mit uns reden wollte, dann mussten wir das akzeptieren."

„Und seitdem hat sich sein Verhältnis zu seinem Freund abgekühlt? Und auch das zu seinem Vater?"

„Ja ... ja, wenn Sie so wollen."

„Sie sagen, Ihr Sohn hätte sich verändert. Er sei ernster, kritischer geworden. Wie äußerte sich das denn konkret?"

„Ich weiß nicht, wie ich Ihnen das erklären soll."

„Versuchen Sie es."

„Er wirkte auf mich irgendwie ... verwirrt. Er vertrat plötzlich ganz sonderbare Auffassungen."

„Können Sie mir ein Beispiel geben?"

„Ich weiß nicht ... sehen Sie, ich bin Pastorin und eines Tages fragte er mich, warum die Kirche bei ihren Versuchen, die Bibel in den historischen Kontext zu stellen, die wichtigen Dinge als überholt darstelle. Warum muss ausgerechnet die Auferstehung Jesu von den Toten als ein nicht wörtlich zu nehmendes Ereignis wegrationalisiert werden? Das hat er mich gefragt. Und warum stattdessen nicht lieber den ganzen Sozialquatsch über

Bord werfen? Das mit der Nächstenliebe und so weiter. Das ist es doch, was tatsächlich überholt und nicht mehr zeitgemäß ist. Um die Witwen und Waisen kümmere sich heute schließlich die Sozialversicherung, dafür bräuchte es keine Kirche und keine Christen mehr. Es war einfach furchtbar absurd, was er manchmal sagte. Sie sind kein Theologe und werden das nicht nachvollziehen können. Einmal hat er mich sogar gefragt, warum wir all jene Menschen betrügen und belügen, die glauben, dass mit dem Tod nicht alles zu Ende ist, dass wir ihnen die Hoffnung rauben auf ein Leben nach dem Hier und Jetzt auf Erden." Jörgensen merkte, dass es ihr nun doch schwerfiel, ihre professionelle Nonchalance zu bewahren. Nach einer Weile sagte sie: „Entschuldigen Sie, Herr Jörgensen, ich fange an, zu schwafeln. Ich bin Ihnen keine große Hilfe."

„Aber nein, ich hatte Sie ja um ein Beispiel gebeten."

„Ich erwähnte vorhin Bruno Roswall. Also, auch wenn die beiden wohl kaum noch Kontakt gehabt hatten, vielleicht kann er Ihnen trotzdem mehr erzählen."

Jörgensen zückte sein Notizbuch und Mechthild Landsberg nannte ihm die Anschrift der Eltern des Freundes. Die würden sicher wissen, wie man Bruno erreichen könne.

„Und wie war das mit Mädchen?"

„Solange er hier bei uns wohnte, gab es nichts Ernstes, nur die üblichen kleinen Flirts. Und danach? Ich weiß es nicht, aber ich glaube, wenn er die Richtige gefunden hätte, das hätte er mir erzählt."

„Und wenn er irgendwelche Probleme, große Probleme, gehabt hätte? Hätte er darüber auch mit Ihnen gesprochen?"

„Vielleicht." Sie zögerte einen Moment. „Sehen Sie, es ist immer so eine Sache, sich mit Problemen an eine Pastorin zu wenden. Ich habe natürlich immer versucht, ihm eine *Mutter* zu sein, aber manchmal kann man nicht aus seiner Haut heraus. Und wenn die Kinder älter werden, merken sie, wenn man in antrainierte Muster verfällt."

„Ich verstehe."

„Vielleicht sollten Sie auch mit meiner Tochter sprechen. Die beiden hatten ein sehr gutes Verhältnis zueinander. Sie kann Ihnen möglicherweise eher weiterhelfen."

„Sie wohnt noch hier bei Ihnen?"

„Oh, ja. Sie müsste sogar zu Hause sein. Ich werde sie holen. Am besten unterhalten Sie sich mit ihr im Wohnzimmer. Ihr Zimmer ist so chaotisch, es wäre ihr furchtbar peinlich, wenn ein Fremder das sehen würde. Und ich muss leider hier noch ein wenig arbeiten. Ich habe morgen eine Trauung. Leute, die ich gut kenne. Die kann ich nicht hängen lassen, nicht einmal jetzt, wo ..." Ihr versagte die Stimme, und sie ging schnell zur Tür.

Nach ein paar Minuten kehrte sie mit einem jungen Mädchen zurück.

„Meine Tochter Carlotta. Sie zeigt Ihnen den Weg ins Wohnzimmer. Darf ich Ihnen noch eine Frage stellen?"

„Fragen Sie, Frau Landsberg."

„Sie sprachen vorhin von *Unstimmigkeiten*."

„Ja? Ich habe mich ungeschickt ausgedrückt. Ich meinte *Unklarheiten*. Ob ihr Sohn regelmäßig Drogen nahm, woher er das Zeug hatte, und so weiter."

Frau Landsberg nickte stumm und sah ihm sekundenlang in die Augen. Dann sagte sie zum Abschied:

„Wenn ich später noch etwas für Sie tun kann, zögern Sie nicht, an meiner Tür zu klopfen."

Das Wohnzimmer ging nach hinten zum Garten hinaus. In Sekundenschnelle hatte der Kommissar die Einrichtung des Zimmers taxiert: hell, großzügig, modern, edel, ein wenig kühl, kaum Anzeichen, dass dieser Raum bewohnt wurde.

Mit einer einladenden Handbewegung bot Carlotta ihm einen Sessel an und setzte sich dann ihm gegenüber auf das Sofa. Sie war hochgewachsen und nichts an ihr mutete zierlich an, am allerwenigsten ihr auffallend großer Mund. Ihr Haar war so füllig, dass es wie außer Kontrolle geraten wirkte. Trotzdem hatte Jörgensen den Eindruck, dass sie noch jung genug war, um Schülerin zu sein. Es umwehte sie ein Hauch von Wehmut, und das lag sicher nicht nur an ihren geröteten Augen.

Er brachte auch der Tochter gegenüber sein Mitgefühl und sein Bedauern wegen der Störung ihrer Trauer zum Ausdruck. Sie nickte, blieb aber stumm.

„Entschuldigen Sie, ich weiß gar nicht, wie ich Sie anreden soll", versuchte Jörgensen das Gespräch irgendwie in Gang zu bringen. „Ihre Eltern ..."

„Ich heiße Gilmer, Carlotta Gilmer", sagte sie mit einer dunklen, wohlklingenden Stimme.

„Danke." Er quittierte ihre Worte mit einem freundlichen Lächeln, das sie aber nicht erwiderte. „Frau Gilmer, ich hoffe Sie haben Verständnis dafür, dass ich Ihnen im Rahmen unserer Nachforschungen ein paar Fragen stellen muss. Wir wüssten gerne mehr über die Lebensumstände Ihres Bruders. Seinen Freundeskreis zum Beispiel. Womit er sich beschäftigte. Ob er Probleme hatte."

Sie sah ihn hilflos an, und Jörgensen sagte sich, dass er wieder einmal zu viele Fragen auf einmal gestellt hatte, und nahm einen zweiten Anlauf.

„Ihnen ist sicher bekannt, dass Ihr Bruder an einer Überdosis Drogen gestorben ist. Wussten Sie, dass er Drogen nimmt?"

Sie schüttelte schweigend den Kopf, ohne ihn dabei anzusehen.

„Können Sie sich vorstellen, was ihn dazu gebracht hat, Drogen zu nehmen?"

„Ich weiß nicht."

„Vielleicht war er, sagen wir mal, in schlechte Gesellschaft geraten?"

Sie sah ihn schulterzuckend mit ihren großen braunen Augen an. Dann meinte sie: „Über seine Bekannten weiß ich eigentlich nicht viel."

„Kannten Sie welche von ihnen?"

„Nicht wirklich, aber da war so eine Rothaarige. Die habe ich mal bei ihm getroffen. Loni hieß sie, wie weiter, weiß ich nicht." Jörgensen dachte an Apollonia Sommer und ihre roten Haare. „Mir war sie ziemlich unsympathisch. Ich glaube, die hatte einen schlechten Einfluss auf ihn."

„Wie kommen Sie darauf?"

„Sie war furchtbar oberflächlich. Man hatte das Gefühl, sie nimmt ihr Studium gar nicht richtig ernst. Ich weiß nicht, was Johannes an ihr fand. Er war doch ganz anders."

Einen Moment lang kämpfte das Mädchen gegen die Tränen an, dann hatte sie sich wieder im Griff.

„Die andere, die was mit Landwirtschaft machte, die gefiel mir besser. Die hatte irgend so einen altmodischen Namen. Den habe ich vergessen."

„War eine von den beiden seine Freundin?"

Sie schüttelte den Kopf.

„Sicher?"

„Das hätte ich gemerkt."

„Meinen Sie, er hatte auch keine andere?"

„Ich glaube schon, dass er eine hatte. Ich habe im Badezimmer bei ihm mal so Sachen gesehen. Sachen von einem Mädchen. Ich habe ihn gefragt, aber er hat nicht mit der Sprache rausgerückt."

„Aber Sie haben sie nie kennengelernt?"

„Nein."

Viel hatte das Mädchen ihm bisher nicht weitergeholfen. Er unternahm noch einen letzten Versuch.

„Gab es in letzter Zeit etwas Besonderes? Hat er Ihnen etwas erzählt, was Ihnen ungewöhnlich vorkam?"

Sie senkte den Kopf. Einen kurzen Moment lang dachte Jörgensen, sie würde nachdenken, aber als sie den Kopf schüttelte, wusste er, dass sie gar nicht hatte nachdenken müssen.

„An was denken Sie?" Und als sie stumm blieb: „Ist es etwas, worüber Sie nicht reden möchten?" Er bemerkte eine Träne auf ihrer Wange und fuhr mit ruhiger, einfühlsamer Stimmer fort: „Haben Sie Vertrauen zu mir. Erzählen Sie."

Sie atmete tief durch. „Aber es ist vielleicht gar nicht wichtig."

„Erzählen Sie es mir trotzdem. Möglicherweise hilft es mir doch weiter."

„Also letzte Woche, da hat er die Eltern ziemlich erschreckt, vor allem Vater. Er war wie immer hierher gekommen." Carlotta brach ab und senkte erneut ihren Kopf.

„Was heißt *wie immer hierher gekommen*?"

„Er kam alle 14 Tage. Immer am Donnerstag. Dann bekam er Geld von meinem Vater. Ich meine von unserem Vater. Das Geld, das er zum Leben brauchte. Vater gab es ihm immer in bar. Alle 14 Tage. Er meinte, also mein Vater meinte, das Geld zu überweisen sei ihm zu unpersönlich. Johannes brachte dann das, was für die

Miete und so draufging, selbst zur Bank. Hin und wieder kam Johannes nicht. Dann brauchte er das Geld nicht so dringend und kam erst 14 Tage später wieder hier her."

„Aber am letzten Donnerstag war er hier?", fragte Jörgensen, als sie nicht weitersprach.

„Ja."

„Und was ist geschehen?"

„Er hat ein Buch hier auf den Tisch gelegt. Genau hier auf diesen Tisch. Einfach so. Wie man halt ein Buch achtlos irgendwo hinlegt. Aber es war Absicht. Ich glaube, er wollte Vater ärgern. Und der hat sich dann auch tatsächlich furchtbar aufgeregt, als er das Buch sah."

„Was war das denn für ein Buch?"

„Ich weiß nicht so genau. Ich habe nur gesehen, vorne, da stand ganz groß das Wort *Identitär!* drauf. Die Identitären, das sind doch diese Rechtsradikalen, nicht wahr? Es gab jedenfalls einen furchtbaren Streit. Vater hat Johannes zur Rede gestellt, ob er neuerdings solche Bücher lesen würde, aber der hat nur gelächelt, und das hat Vater noch wütender gemacht, und er hat angefangen, ihn anzuschreien. Mutter hat versucht, ihn zu beruhigen, aber es war nichts zu machen. Es war so furchtbar, dass Mutter und ich schließlich geflüchtet sind."

„Hatte Ihr Bruder sich schon früher für solche rechten Sachen interessiert?"

„Nein, das ist mir nie aufgefallen. Wissen Sie, das Komische war, Johannes hat sich nie Mühe gegeben,

Bücher pfleglich zu behandeln. Wenn er ein Buch gelesen hatte, also eines, das ihn wirklich interessierte, dann sah man es ihm echt an. Aber dieses Buch sah noch ganz passabel aus. Ich wette, Johannes hatte es gar nicht richtig gelesen. Vielleicht hat er es tatsächlich nur dahin gelegt, um Vater zu ärgern."

„Können Sie sich vorstellen, warum er das hätte tun sollen?"

Carlotta zögerte einen Moment, dann gab sie sich einen Ruck. „Johannes war manchmal einfach genervt, weil Vater immer wieder den Gutmenschen raushängen ließ. Ich kann das gut verstehen. Es ist manchmal wirklich furchtbar. Aber ich glaube nicht, dass Johannes ein Rechter war."

„Was passierte dann? Ich meine, nach dem Streit?"

„Ich weiß nicht. Als ich wieder ins Wohnzimmer kam, war Johannes weg." Wieder kamen ihr die Tränen und sie bedeckte ihr Gesicht mit den Händen. „Und ich habe ihn nie wiedergesehen."

Jörgensen wartete, bis er das Gefühl hatte, dass das Schlimmste vorbei wäre.

„Ich würde gerne auch kurz mit Ihrem Vater sprechen. Ist er zu Hause?"

„Nein. Er ist ins Büro gegangen. Ich glaube, er hat es einfach nicht mehr ausgehalten ... hier ... mit uns."

Jörgensen wusste bereits, dass Gilmer Geschäftsführer einer gemeinnützigen GmbH war. Einer großen gGmbH, die mal als ein kleiner Verein, der sich um jugendliche Straffällige kümmerte, angefangen hatte. Jenen Verein hatte Gilmer damals mitgegründet. Dann waren andere Zielgruppen hinzugekommen: Arbeitslose, Migranten, Drogenabhängige und so weiter. Und der Verein war immer größer geworden und jetzt war daraus ein großes Sozialunternehmen geworden. Vor ein paar Jahren hatte die Firma eine repräsentative Zentrale in der Waitzstraße bezogen.

Jörgensen bat das Mädchen um die Telefonnummer ihres Vaters und verabschiedete sich dann.

2. Kapitel

Von seinem Dienstwagen aus rief Jörgensen in Gilmers Firma an. Sicher war der ein viel beschäftigter Mann, den selbst die Polizei nicht so ohne Weiteres behelligen konnte. Es war besser, einen Termin zu vereinbaren.

Er geriet erst an eine Sekretärin, die ihn, nachdem er erklärt hatte, was er wollte, weiterverband zu einem gewissen Herrn Britman, der angab, er sei Gilmers persönlicher Referent. Der Kommissar, meinte Britman nach einigem Zögern, könne um 14 Uhr vorbeikommen. Da wäre Herr Gilmer frei. Jörgensen sah auf seine Uhr. Er konnte noch in Ruhe irgendwo etwas essen.

Er fuhr zu einem Italiener in der Innenstadt. An diesem grauen und irgendwie typisch norddeutschen Spätsommertag sollte ihn doch wenigstens das Essen an den Urlaub erinnern. Im Restaurant war noch nicht viel los, nur eine Handvoll Stammgäste. Auf der Karte stand *Saltimbocca alla Romana*. Das bestellte er.

Er ließ sich den neuen Fall durch den Kopf gehen. Wenn Dr. Martin recht hatte, musste man davon ausgehen, dass die Tat nicht im Affekt geschehen war. Der Täter war vorbereitet gewesen. Er hatte die Spritze mit dem Drogencocktail mitgebracht und noch ein paar Utensilien, um die Wohnung damit auszustaffieren. Alles recht dilettantisch, aber immerhin. Wer konnte ein Interesse daran haben, die Tat auf diese Weise zu verschleiern? Jemand aus dem Umfeld des Toten vermutlich, der Angst hatte, in Verdacht zu geraten, falls man von Fremdverschulden ausgehen würde. Und das Motiv? Aufgestauter Groll gegen das Opfer, tiefer Hass, der sich in der Tat entladen hatte? Oder gab es jemanden, der von seinem Tod profitierte?

Jörgensen stellte bedauernd fest, dass er über seiner Grübelei kaum auf das Essen geachtet hatte, und weil noch genügend Zeit war, ließ er sich eine karamelisierte *Panna Cotta* und einen Espresso bringen. Der herbe, leicht säuerliche Geschmack des Kaffees überdeckte langsam, aber unerbittlich die Süße der *Panna Cotta*. Während er sich ganz auf seine Geschmacksknospen zu konzentrieren versuchte, wanderten seine Gedanken zum gestrigen Abend zurück. Es war schon fast dunkel gewesen, als sie von Hamburg Fuhlsbüttel nach Kiel fuhren. Der Flughafenbus war durch das Dämmerlicht ruhig über die Autobahn geglitten, so als würde er sich gar nicht bewegen. Sabrina waren bald die Augen zugefallen und ihr Kopf hatte an seiner Schulter Halt gefunden. Es war eine fast schwerelose Berührung gewesen und Jörgensen versuchte sich an den Geruch zu erinnern, diese diffuse Mischung aus Seife, Shampoo, weiblichem Körper und ... dann leerte er hastig seine Tasse und machte sich auf den Weg in die Waitzstraße zu seinem Termin mit Georg Gilmer.

Die Geschäftsstelle war ein dreigeschossiges, ehemaliges Wohnhaus, das man aufwendig zu einem Bürogebäude umgebaut hatte. Sowohl das Souterrain als auch der Dachboden waren dabei offenbar einbezogen worden. Sämtliche Fenster waren neu und innen war alles modern, sauber und wie aus einem Guss. Wie man es bei einem erst kürzlich sanierten Gebäude erwarten konnte, sagte sich Jörgensen, nachdem er die Treppe zum Eingang hochgestiegen war und drinnen vor der Anmeldung stand.

Er nannte einer verhärmt dreinblickenden Frau mittleren Alters seinen Namen und den Grund seines Besuchs. Sie griff zum Telefon und es dauerte nicht lange, bis ein ernster junger Mann erschien, der sich als Rik Britman vorstellte.

„Wir haben vorhin telefoniert", sagte er. „Wenn Sie mich bitte begleiten wollen."

Jörgensen folgte ihm über die leise knarrende Treppe in das nächste Stockwerk, wo Britman den Kommissar in ein nüchtern eingerichtetes Besprechungszimmer führte.

„Herr Gilmer ist noch im Gespräch. Aber er wird gleich Zeit für Sie haben. Darf ich Ihnen einen Kaffee anbieten?" Britman deutete dabei auf eine Warmhaltekanne auf dem Tisch.

Jörgensen lehnte dankend ab, und der junge Mann verschwand mit einer gemurmelten Entschuldigung. Er war sichtlich nervös gewesen und hatte jeglichen Blickkontakt zu vermeiden versucht. Der Kommissar dachte sich nichts dabei. Er war Menschen gewohnt, denen es unangenehm war, mit einem Polizisten zusammen zu sein, selbst dann, wenn sie überhaupt nichts verbrochen hatten. Jörgensen sah aus dem Fenster auf den Hinterhof. Ein großes Areal mit wenig Grün, ein paar moderne, flache Zweckbauten und etliche Parkplätze, die wohl zu irgendeiner Firma dort unten gehörten.

Es dauerte tatsächlich nicht lange, bis Georg Gilmer erschien. Er war wohl ein paar Jahre jünger als Jörgensen, vielleicht Mitte fünfzig. Er trug eine Jeans und ein legeres Sakko, aber immerhin auch noch eine Krawatte. Er reichte Jörgensen die Hand und begrüßte ihn freundlich, aber, so empfand Jörgensen es jedenfalls, mit der wohlwollenden Herablassung eines Gutsherrn, der einen seiner Pächter empfängt.

Sie setzten sich einander gegenüber an den Besprechungstisch, und auch Gilmer bot dem Gast Kaffee an. Diesmal akzeptierte Jörgensen, aber er rührte den Kaffee dann doch nicht an.

„Man hat Ihnen sicher gesagt, dass ich wegen des Todes Ihres Sohnes Johannes komme, wozu ich Ihnen übrigens mein aufrichtigstes Beileid aussprechen möchte."

„Ich danke Ihnen, Herr Jörgensen. Sie werden sicher verstehen, wie mir zumute ist. Es ist schrecklich, seinen Sohn, seinen einzigen Sohn zu verlieren. Vor allem auf diese Weise." Gilmer senkte seinen Blick. „Wenn ich gewusst hätte, dass er Drogen nimmt, ich hätte ihm sicher helfen können, aber ich habe das ja nicht geahnt. Wir alle haben nichts geahnt." Gilmer betrachtete seine Hände. „Sehen Sie, wenn man sein ganzes Leben darauf ausgerichtet hat, anderen beizustehen, um sie vor Schaden zu bewahren, ihnen zu helfen und ihnen den Platz in der Gesellschaft zu verschaffen, der ihnen gebührt, wenn man versucht, die Schwachen und die, die unter die Räder zu kommen drohen, zu beschützen gegen alle Ungerechtigkeit und alle Gefahren in unserer Gesellschaft, ja, und wenn dann dem eigenen Kind so etwas passiert, das ist schrecklich." Und dann fügte er hinzu: „Ich gehe davon aus, dass Sie wissen, was wir hier machen?"

„Ja." Jörgensen verzichtete darauf, zu erwähnen, dass sein Wissen erst wenige Stunden alt war.

„Man redet immer gerne von der bösen Sozialindustrie, von Geschäftemacherei unter dem Deckmantel der Nächstenliebe, von intransparenten Strukturen, in denen Millionen versickern, und das alles auf Kosten des Staates oder, noch genauer gesagt, des Steuerzahlers. Und tatsächlich, wir sind hier eine gGmbH, und ich bin ihr Geschäftsführer. Klingt verdächtig, nicht wahr? Aber das ist letztendlich nur der Organisation unseres modernen Sozialstaates geschuldet, das haben nicht wir uns ausgedacht sondern die Politiker. Wir haben hier als kleiner, ehrenamtlich geführter Verein angefangen. Ja, und noch immer, auch heute noch sind unsere Aufgaben für mich und meine Mitarbeiterinnen und Mitarbeiter eine Herzensangelegenheit. Wir empfinden unsere Arbeit nicht als Broterwerb sondern als eine Mission." Gilmer schwieg eine Weile. „Ja, und dann musste ich plötzlich feststellen, dass da einer war, den ich übersehen hatte. Mein eigenes Kind." Wieder machte er eine lange Pause. Dann gab er sich einen Ruck. „Was ich überhaupt nicht verstehe ist, wieso er gestorben ist. Ich dachte immer, alle Welt nimmt heutzutage Kokain."

„Nun, es kann immer etwas schiefgehen, und Ihr Sohn hat es sich gespritzt. Das ist riskant. Außerdem war es kein reines Kokain. Es war mit einem anderen, einem heimtückischen Stoff gestreckt, mit Fentanyl."

Gilmer sah ihn eine Weile mit ernster Miene an.

„Sehen Sie, so etwas in der Art habe ich befürchtet. Das Gefährlichste an Drogen ist, dass sie verboten sind. Eigentlich sind sie harmloser, als man denkt. Man kriminalisiert die Abhängigen und ihre Sucht und zwingt sie, sich von zwielichtigen Leuten im Untergrund gepanschten Stoff zu beschaffen. Das ist das Problem. Nicht die Drogen sind es, nein, es ist die Illegalität, die die Abhängigen tötet. Nehmen Sie das jetzt bitte nicht als Vorwurf gegen Sie persönlich, Herr Jörgensen, aber wenn man Kokain legalisieren würde, würde es solche Unfälle wie den meines Sohnes wohl nicht geben."

Jörgensen überlegte, ob er darauf etwas antworten sollte, zog es dann aber vor, das Thema zu wechseln.

„Hatten Sie ein gutes Verhältnis zu Ihrem Sohn?"

„Wie meinen Sie das?"

„Nun, wäre er zu Ihnen gekommen, wenn er Sorgen gehabt hätte?"

„In den letzten ein oder zwei Jahren, seit er studierte wohl nicht mehr. Er wollte sein Leben selbst in die Hand nehmen, von den Eltern unabhängig werden. Natürlich bekam er Geld von mir und er nahm es auch. Von irgendetwas musste er ja leben, und ich wollte nicht, dass er seine Zeit mit schlecht bezahlten Jobs verplempert."

„Ich verstehe."

„Aber erzählen Sie mir doch bitte, warum sich die Kriminalpolizei mit dieser Sache beschäftigt. Meinen Sohn können Sie ja nicht mehr einsperren. Versuchen Sie herauszufinden, von wem er den Stoff hatte?"

„Die Untersuchung Ihres Sohnes in der Rechtsmedizin weckt Zweifel daran, dass er drogenabhängig war. Möglicherweise hat er an jenem Tag zum ersten Mal in seinem Leben Kokain konsumiert."

Gilmer sah ihn etwas irritiert an.

Jörgensen wusste, dass das, was er jetzt sagen wollte, ermittlungstaktisch nicht klug war, aber er verließ sich auf sein Gefühl.

„Möglicherweise hat er sich das Kokain nicht einmal selbst gespritzt."

„Was wollen Sie damit sagen? Nicht selbst gespritzt?"

„Vielleicht hat jemand es ihm injiziert, als er sich nicht wehren konnte. Um ihn zu töten."

Gilmer brauchte eine Weile, bis er diese Worte verarbeitet hatte, dann aber sah er Jörgensen an, als wäre er der Leibhaftige und stieß hervor: „Das ist nicht wahr! Nein, das glaube ich nicht. Das ... das ist unmöglich. Niemand hat ihn umgebracht. Sie lügen! Nein, niemand hat ihn umgebracht." Dann wich die Erregung so plötzlich, wie sie gekommen war, und sein Kopf sank auf die Brust.

Jörgensen war neugierig gewesen, wie seine Worte auf Gilmer wirken würden, aber mit einer derart heftigen Reaktion hatte er nicht gerechnet. Er ließ Gilmer Zeit, sich wieder zu erholen. Es dauerte eine Weile, bis der seine Nonchalance wieder einigermaßen zurückgewonnen hatte.

„Wieso sind Sie sich dessen so sicher?", fragte Jörgensen.

„Warum sollte jemand diesen dummen Jungen umbringen? Das ist doch lächerlich." Er sah auf die Uhr. „Kann ich Ihnen sonst noch irgendwie helfen? Wenn nicht, mein nächster Termin ..."

Der Kommissar hätte das Gespräch gerne fortgesetzt, aber ihm blieb nichts anderes übrig, als gute Miene zu dem Rauswurf zu machen.

Jörgensen stellte seinen Dienstwagen auf dem Parkplatz am Schützenwall ab und ging dann die Schaßstraße entlang zu dem Haus, wo Bruno Roswall wohnte. Es war eines der wenigen Gebäude in diesem Teil der Straße, das der Gentrifizierung noch nicht zum Opfer gefallen war. Er klingelte bei Roswall und Himboldt und trat nach dem Summen des Türöffners ein. Roswall und Himboldt wohnten im ersten Stock. Er brauchte nicht zu klingeln. Ein junger Mann mit besorgter Miene stand bereits im Türrahmen.

„Sie sind von der Polizei, nicht wahr?"

„Jörgensen. Mordkommission."

„Kommen Sie herein. Meine Mutter hat mich vorhin angerufen. Dass Sie mich sprechen wollen. Schrecklich, das mit Johannes. Ich hatte gar nicht mitbekommen, dass er ... dass er nicht mehr lebt. Ich kann es immer noch nicht fassen. Er ist tatsächlich tot? All die Jahre, die wir zusammen auf dem Gymnasium waren, und jetzt soll er nicht mehr da sein? Ich bin total geschockt. Sie haben meiner Mutter erzählt, er ist wegen Drogen gestorben. Johannes und Drogen? Hätte ich ihm nie zugetraut."

Jörgensen hatte auf den ersten Blick festgestellt, dass Bruno Roswall ein auffallend gut aussehender junger Mann war, nicht sehr groß, aber mit einem markanten Gesicht, und als sie sich jetzt gegenüber saßen, sah er in unergründliche, braune Augen, die möglicherweise nicht nur jetzt, sondern immer ein wenig melancholisch drein- blickten, und mit denen er wohl so ziemlich jedes Mäd- chen närrisch machen konnte.

„Frau Landsberg erzählte mir, Sie und Johannes seien sehr enge Freunde gewesen."

„In der Schule, ja, da waren wir das sicher. Aber in letzter Zeit sind Johannes und ich ein wenig auseinandergedriftet. Er ist halt an die Uni gegangen, und ich wusste nicht so recht, was ich da sollte. Ich habe noch nicht rausbekommen, wie das funktioniert, ein sinnvolles Leben leben. Manchmal denke ich, ich sollte Schriftsteller werden, aber meine Lady sagt mir immer, ich spinne und sollte was machen, wo man leicht an Geld kommt. Investmentbanker zum Beispiel oder Politiker. Wahrscheinlich hat sie recht. Meinen Sie nicht auch?"

„Wann hatten Sie denn zuletzt Kontakt zu Johannes Gilmer?"

„Warten Sie ... drei oder vier Monate, ja, ich glaube, so lange ist das jetzt schon her."

„Hatten Sie bei ihrer letzten Begegnung oder davor das Gefühl, dass ihn irgendetwas bedrücken würde? Oder dass er sich verändert hätte?"

„Schwer zu sagen. Wir sind uns ja auch nur zufällig mal wieder über den Weg gelaufen und haben dann zusammen ein Bier getrunken. Das war alles. Aber verändert ja, verändert hatte sich Johannes. Auf jeden Fall. Aber das lag schon länger zurück."

„Seine Mutter erzählte von einer Reise, die sie gemeinsam unternommen haben. Hing es damit zusammen?"

„Vielleicht ... das heißt, ich glaube schon. Das Ganze ist jetzt schon fast zwei Jahre her. Nach dem Abi. Johannes' Eltern haben ein paar Euro springen lassen, und wir sind mit einem alten Peugeot 206 Richtung Süden gefahren. Wir wollten an die Adria, aber nicht auf die italienische Seite. Zu viele Touris, haben wir uns gesagt. Also war unser Plan auf der östlichen Seite entlang runter bis nach Griechenland zu fahren. Durch Slowenien, Kroatien und wie all die Länder da heißen. Wir wollten Spaß haben, baden, vielleicht auch ein paar Mädels aufreißen, was man halt nach dem Abi so macht.

Na ja, bis Vlora sind wir gekommen. Das ist in Albanien. Dort hat Johannes sich in eine süße Albanerin verguckt. Liridona hieß sie. Ich habe ihm gleich gesagt, dass das nichts als Ärger bringt, aber er wollte nicht hören. Sie war eine Muslima. Keine mit Kopftuch und so. Aber halt auch nicht das, was man hier so kennt. Ich meine, Kinder von Kindern von Leuten, die in den Sechzigerjahren aus der Türkei nach Deutschland gekommen sind. Liridona war eine Albanerin, die in Albanien lebte. Das war sie und zwar genau das und nichts anderes. Ich habe keine Ahnung, ob sie ihre Heimat schon jemals verlassen hatte. Aber Johannes hat das irgendwie nicht begreifen wollen. Ich glaube, seine Eltern haben ihn von Geburt an damit gefüttert, dass alle, die Christen, die Juden und die Moslems, vom selben Gott geschaffen wurden und zum selben Gott beten und also auch alle gleich sind. Okay, aber dass Menschen, die in einer Welt groß geworden sind, die ganz anders ist als unsere, also, dass die möglicherweise auch ein bisschen anders ticken als wir, hat man vergessen, ihm zu sagen.

Ich gebe zu, die Liridona war echt eine Nette. Ein paar Tage ging es gut, aber sie hatte einen Bruder, der war alles andere als nett. Es war offensichtlich, dass er nicht viel von uns hielt. Und dann machte Liridona auch noch gewisse Andeutungen."

„Was meinen Sie damit?"

„Na, es ist doch so, dass Vlora an der Straße von Otranto liegt. Von dort aus ist man eins zwei drei in Süditalien. Und Liridonas Bruder hatte wohl irgendwie seine Finger im Drogenschmuggel drin. Na ja, immerhin hatte Johannes noch Glück im Unglück. Der Bruder wollte kein größeres Aufsehen erregen. Bei Ausländern sind sie wohl auch ein bisschen zurückhaltender. Verträgt sich nicht mit dem Geschäft. Also haben er und ein anderer Johannes nur ordentlich zusammengeschlagen. Wir sind zur Polizei, aber als wir den Namen von Liridonas Bruder nannten, haben wir sofort gemerkt, dass sie nichts unternehmen würden.

Sie können sich gar nicht vorstellen, was das für eine Scheißsituation war. Johannes war immer noch ganz wild auf die Kleine, und ich habe keine Ahnung, wie ich ihn am Ende dazu gebracht habe, mit mir zusammen abzuhauen. Wir haben den Rest unserer Tour gecancelt und sind mit der Autofähre nach Italien rüber. Ich war echt total erleichtert, als das Schiff abgelegt hat und wir raus waren aus Albanien. Ich habe an Deck gestanden und gewartet, bis die Lichter von Vlora in der Dunkelheit verschwunden sind. Manchmal frage ich mich heute, ob das Ganze nicht ein guter Stoff für einen Roman wäre. Was meinen Sie?"

„Möglich. Aber ich verstehe nichts von Romanen."

„Wie auch immer, Johannes, der war jedenfalls todunglücklich wegen seiner Liridona. Sogar noch, als wir wieder in Kiel waren. Er war einfach verrückt nach ihr. Er hat mir erzählt, dass er immer noch die Nummer von Liridona auf seinem Handy hat und dass er überlegt, sie anzurufen. Ich hab ihm gesagt: ‚Lösch die Nummer! Vergiss Liridona!', aber ich glaube, er hat wieder nicht auf mich gehört. Stellen Sie sich vor, der Bruder wäre dahintergekommen, dass er immer noch mit ihr kontaktet. Er wäre seines Lebens nicht mehr sicher gewesen, selbst hier in Deutschland nicht, die Albaner sind doch heutzutage überall, auch hier in Kiel."

Jörgensen hob die linke Augenbraue kaum merklich, aber nur seine Frau hätte das zu deuten gewusst.

„Die Reise, sagen Sie, hat ihn verändert. Können Sie das ein bisschen genauer beschreiben?"

„Oh Mann, das ist schwierig." Bruno Roswall legte die Stirn in Falten und zögerte einen Moment. „Er hatte irgendwie eine negative Einstellung bekommen. Etwas Zerstörerisches, Aggressives."

„Auch sich selbst gegenüber?"

„Nein ... nein, das nicht. Überhaupt nicht. Es war mehr so, als wolle er von etwas loskommen, als wäre er geradezu darauf versessen, sich von allem zu trennen, was für ihn jemals wertvoll und wichtig gewesen war.

Ein Beispiel, das mir gerade einfällt: Er hat früher hin und wieder gemalt. Aquarelle. Einige, die ihm besonders gefielen, hatte er gerahmt und in seinem Zimmer aufgehängt. Als er in seine eigene Wohnung im Knooper Weg zog, nahm er sie mit und hängte sie dort auf. Eines Tages, kurze Zeit nach unserer Rückkehr, damals sahen wir uns noch häufiger, also, da waren sie verschwunden. Als ich fragte, hat er gesagt, er hätte sie verbrannt. Sie seien dilettantischer Kitsch gewesen. Das hat mich damals total geschockt. Ich weiß nicht, ob das immer noch mit Liridona zu tun hatte. Möglicherweise." Und dann gab Bruno Roswall ein freudloses Lachen von sich. „Wissen Sie, manchmal bilde ich mir ein, dass er auch unsere Freundschaft weggeworfen hat, weil sie ihm mal etwas bedeutet hatte."

Als Jörgensen am Ende des Tages nach Hause kam, freute er sich auf das Abendessen. Sicher würde Sabrina etwas Italienisches gekocht haben, etwas, das sie beide an die schönen Tage in der Toskana erinnern würde. Er sollte recht behalten.

„Es gibt *Trippa alla Fiorentina*", erklärte sie ihm, als er zu ihr in die kleine Küche hineinschaute.

„*Trippa?*"

„Kutteln mit Tomaten und Wurzelgemüse. So wie ich sie in Florenz gegessen habe. Ich hoffe, sie werden dir schmecken."

„Bestimmt, Schatz." Er erinnerte sich an das saftige *Bistecca alla Fiorentina*, das *er* in jenem Restaurant bestellt hatte. Wohl das größte Steak, das er jemals auf dem Teller gehabt hatte.

„Der Tisch muss noch gedeckt werden. Und mach eine Flasche Chianti auf. Aber von dem guten."

Schließlich saßen sie im Esszimmer, jeder vor einem Teller verführerisch duftender Kutteln.

„Cin cin", Sabrina hob ihr Glas.

Jörgensen nahm einen Schluck Wein und schob sich dann vorsichtig eine Gabel voll Trippa in den Mund. Das Ganze roch nicht nur gut, es schmeckte auch gut, jedenfalls solange man nicht auf die Kuttelstückchen biss. Vielleicht war es gar nicht so sehr der Geschmack, sondern die Konsistenz, die ihn irritierte. Er dachte an den Chefinspektor in Hitchcocks Film *Frenzy*. Dem war es eins ums andere Mal gelungen, das von seiner Angetrauten gekochte Essen in unbeobachteten Momenten im Blumentopf oder sonst wo verschwinden zu lassen. Er schämte sich, dass er ausgerechnet jetzt an diesen Film denken musste, und führte noch eine Gabel mit *Trippa* zum Mund.

Sabrina beobachtete ihn eine Weile, dann hörte sie auf zu essen.

„Weißt du was meine Großmutter meinte, wenn sie sagte, jemand würde etwas mit spitzen Zähnen essen?"

„Nein. Keine Ahnung."

„Lügner!"

Wäre Jörgensen fünfzig Jahr jünger gewesen, wäre er jetzt rot geworden.

„Ich habe mir so viel Mühe gegeben mit den *Trippa*."

„Tut mir leid, Schatz."

„Gib deinen Teller her."

„Nein, die Kutteln sind gar nicht so schlecht. Ich war nur in Gedanken."

„Komm schon, deinen Teller!" Im Vorbeigehen gab sie ihm einen Kuss auf die Wange. „Ich habe noch ein Wildschweinragout auf dem Herd. Eigentlich ist es für morgen. Für dich zum Aufwärmen. Ich will nämlich mit Katinka ins Kino. Aber es reicht auch für zwei Tage. Ich habe es nach dem Rezept aus dem *Le Volte* in Casale Marittimo gekocht. Erinnerst du dich an das Restaurant in dem kleinen Bergdorf in der Nähe von Cecina, wo wir dieses Ragout gegessen haben?"

Sie stellte den Teller mit dem *Spezzatino di cinghiale* vor ihn hin.

„Du denkst daran, dass Kommissar Kühl morgen Geburtstag hat, ja? Er freut sich sicher, wenn du ihm gratulierst."

„Ich werde bei ihm vorbeischauen, Schatz. Versprochen."

Dienstag

(Der zweite Tag)

3. Kapitel

Als Jörgensen am nächsten Morgen in die Blume kam, gab er Sattler den Auftrag, in den Knooper Weg zu gehen und sich bei den Nachbarn von Johannes Gilmer umzuhören. Ob ihnen an dem Tag, als er starb, etwas aufgefallen wäre, ob sie jemand Verdächtiges im Haus beobachtet hätten. Dabei würde wohl nichts herauskommen, fürchtete Jörgensen, aber wenn sie es tatsächlich für möglich hielten, dass jemand Johannes Gilmer vorsätzlich getötet hatte, dann musste es gemacht werden. Daran führte kein Weg vorbei.

Als Sattler fort war, machte er sich selbst auch auf den Weg, um noch einmal mit Apollonia Sommer zu reden. Vielleicht konnte sie ihm helfen, etwas über den Freundeskreis des Toten zu erfahren, vor allem über mögliche Kontakte zu rechten Kreisen.

Jörgensen stieg die Treppen bis in den vierten Stock hinauf und sagte sich, dass er unbedingt etwas für seine Fitness tun müsste. Das hatte er sich gestern, als er das erste Mal hier war, auch schon vorgenommen. Er klingelte und es dauerte eine Weile, bis geöffnet wurde.

Apollonia Sommers rotes Haar war total verwuschelt. Sie war barfuß und trug ein übergroßes T-Shirt, und ob sie außerdem noch etwas anderes anhatte, konnte Jörgensen nicht erkennen.

„Oh, Sie sind es schon wieder."

„Komme ich ungelegen?"

„Eigentlich … nein, nicht wirklich." Mit leicht erhobener Stimme sagte sie: „Die Polizei kommt doch nie ungelegen."

Sie ließ ihn in ihr kleines Appartement ein und bot ihm einen Stuhl an.

„Es ist ein bisschen unaufgeräumt", meinte sie mit einem müden Lächeln.

Überall im Raum lagen Kleidungsstücke herum, mehr, als ein einzelner Mensch anziehen konnte. Jörgensen hätte wetten mögen, dass oben im Hochbett jemand lag.

„Ich will Sie nicht lange stören."

Sie setzte sich auf ihren Schreibtischstuhl und sah ihn mit noch etwas trüben Augen an.

„Wir würden gerne mehr über den Freundeskreis von Johannes Gilmer erfahren. Können Sie uns da weiterhelfen?"

„Seinen Freundeskreis? Puh, was soll ich sagen? Es gab ein paar Leute, die wir beide kannten, klar. Man trifft sich immer mal in der Uni oder in der Mensa, in der Kneipe, auf 'ner Fete. Aber ich habe Ihnen ja schon gestern gesagt, dass Johannes und ich nichts miteinander hatten. Wir haben halt dasselbe studiert, und ich kannte ein paar Leute, die er auch kannte und so weiter."

„Seine Schwester hat mir erzählt, dass er ein Buch von Martin Sellner besaß. Wenn Ihnen der Name etwas sagt."

„Doch, von dem hab ich schon mal gehört. Und jetzt interessiert sich tatsächlich schon die Kripo dafür, wenn jemand derartige Bücher besitzt? Oh ha!"

„Sie verstehen mich falsch ..."

„Ach, das war doch nur ein Witz. Seien sie doch nicht gleich beleidigt. Ja, der Johannes interessierte sich für solche Sachen, die Unterwanderung des christlichen Abendlandes durch Mohammedaner, Afrikaner und so weiter. Darüber hat er gerne geredet. Na ja, er hatte schließlich eine Pastorin zur Mama. – Jetzt gucken Sie schon wieder so böse. Ich geb's zu, das war kein so witziger Kommentar. Ich bin halt noch nicht so richtig wach. Was wollte ich sagen? Ach ja, wissen Sie, sein Vater ist ja durch und durch links. Willkommensrhetorik kübelweise und so weiter. Das hat Johannes immer total genervt. Aber ich habe keine Ahnung, wie ernst er das alles mit der Eroberung Europas durch die kulturfremden Landnehmer meinte. Haben Sie übrigens was zu Rauchen da?"

Jörgensen sah sie irritiert an.

„Ach, nicht was *Sie* denken. Ich meine, haben Sie mal 'ne Zigarette?"

„Ich bin Nichtraucher."

Sie wandte sich ab. „Ey, Kater! Wirf mir mal die Zigaretten runter." Und wie aus dem Nichts kam ein Päckchen angeflogen und landete auf dem Fußboden. Jörgensen zwang sich, aus dem Fenster zu sehen, während Apollonia hinging und die Packung aufhob.

„Was hielten Sie denn von seinen Ansichten?", fragte er.

Apollonia zog gierig an Ihrer Zigarette. „Von Johannes' Ansichten?" Sie sah sich nach einem Aschenbecher um, fand keinen und schnippte die Asche dann einfach in den Papierkorb. „Ich hab mich da noch nie so richtig mit beschäftigt. Leben und leben lassen, das ist mein Grundsatz."

„Gab es in seinem Freundeskreis welche, die so tickten wie er?"

„Wissen Sie, solche politischen Sachen laufen heute meistens im Netz. Da mailt oder chattet man mit Gleichgesinnten." Sie zögerte einen Moment. „Aber jetzt, wo Sie fragen, da ist eine, die Irmentraut, die studiert Agrar hier an der Uni, die war auf derselben Wellenlänge wie Johannes und mit der war er oft zusammen. Das war natürlich nichts Ernstes. Er hatte ja schließlich seine kleine Marit."

„Marit? Was ist das für eine Marit, von der Sie da reden? Hatte er eine … eine Freundin? Erzählen Sie. Was wissen Sie über sie?"

„Eigentlich nicht viel. Sie gehörte nicht zu uns. Ich meine, sie war keine Studentin. Keine Ahnung, wo Johannes die aufgegabelt hatte."

„Aber Sie sind ihr irgendwo mal begegnet, oder?"

„Ja, natürlich. Die beiden waren schon länger zusammen. Ich kann Ihnen sagen, wie sie aussieht. Klein, blond, unscheinbar, ein bisschen pummelig, aber auf ihre Art ganz süß, mit großen, blauen Augen. Wie die Puppe, die meine Mutter als Kind gehabt hat. Die liebt sie auch heute noch über alles, ich meine meine Mutter." Apollonia grinste. „Also, Johannes nannte Marit manchmal *Entlein*. Es klang nett gemeint, und irgendwie passte es auch, aber ich hätte mir so was nicht gefallen lassen. Nicht vor anderen Leuten. Aber die Marit, die hat halt nie viel geredet. Vielleicht war sie von unserem intellektuellen Gequatsche eingeschüchtert. Die Leute brauchen immer eine Weile, bis sie das durchschauen. Aber ich weiß von dieser Marit weder den Nachnamen, noch die Adresse, noch sonst was in der Art."

„Na gut. Hat Johannes auch mal von einem Mädchen namens Liridona gesprochen?"

„Nicht, dass ich mich erinnere. Liridona? Klingt irgendwie nach Kopfschmerztablette. Finden Sie nicht auch?"

Immerhin hatte Apollonia von Irmentraut den Familiennamen gewusst – nämlich Frenzen – und sogar, wo sie wohnte. Nur die Straße, nicht die genaue Hausnummer.

Jörgensen würde ein wenig Türschilder studieren müssen, aber hoffentlich nicht allzu viele.

Außerdem wohnte Kommissar Kühl, sein ehemaliger Chef, nicht weit entfernt. Der war vor einiger Zeit dort in der Gegend in eine Art Seniorenheim gezogen.

Zuerst versuchte Jörgensen es allerdings bei Irmentraut Frenzen. Er hatte das Haus, in dem sie wohnte, schnell gefunden, aber niemand öffnete. Er klingelte bei Nachbarn und erfuhr, dass die junge Frau viel Zeit in der Uni verbringen würde und meist erst am späten Nachmittag nach Hause käme. Also ging er erst einmal zu seinem alten Chef. So, wie er es Sabrina versprochen hatte.

Kühl wohnte im dritten Stock, aber da hier nur Senioren lebten, gab es natürlich einen Fahrstuhl. Er gelangte in eine kleine, schnuckelige Zwei-Zimmer-Wohnung, die zur Straße ging. Als sie gemeinsam in bequemen Sesseln am Fenster saßen, betrachtete Jörgensen sein Gegenüber genauer. Das kantige Gesicht hatte in den letzten Jahren viel von seinen klaren Linien verloren. Die Wangen waren eingefallen und die Tränensäcke unter den Augen traten deutlich hervor. Die kräftigen Augenbrauen, die einst zwei dicke schwarze Striche über den Augen gewesen waren und wegen des schon immer kahl geschorenen Kopfes der einzige Hinweis auf seine Haarfarbe, waren jetzt schneeweiß. Nur die enorme Nase und sein Pferdegebiss waren unverändert. Und auch die braunen Augen hatten nichts von ihrer Lebendigkeit eingebüßt.

Jörgensen wusste, dass Kühl es nicht mochte, wenn ehemalige Kollegen ihn besuchten und von den guten alten Zeiten zu reden anfingen. Also war das Gespräch schnell auf den aktuellen Fall des Kommissars gekommen. Jörgensen erzählte, ohne dabei Namen zu nennen.

„So so, es geht um den jungen Gilmer", meinte Kühl anschließend lächelnd. „Da ist etwas faul? Was Sie nicht sagen."

„Woher wissen Sie denn davon?", fragte Jörgensen betroffen.

„Schauen Sie mal raus, junger Mann."

Jörgensen war drauf und dran die Augen zu verdrehen. Kühl konnte es sich einfach nicht abgewöhnen, ihn *junger Mann* zu nennen, obwohl er längst alles andere als jung war und in ein paar Jahren in Rente gehen würde.

„Auf der anderen Straßenseite, sehen Sie die Kirche da? Sie werden es kaum glauben, aber das ist die von Frau Landsbergs Gemeinde. Wie klein die Welt doch ist, nicht wahr? Und das Gebäude neben der Kirche ist das Pastorat. Englischer Landhausstil. Steht unter Denkmalschutz. Von Rechts wegen müsste die Pastorin Landsberg in der Dienstwohnung dort residieren, aber ihr Mann hat seine Beziehungen spielen lassen, und man hat sie von dieser lästigen Pflicht befreit. Sie wohnen stattdessen in einer schicken Villa in Düsternbrook."

„Ich weiß, ich war gestern dort."

„Vielleicht fragen Sie sich, wieso ich von diesen Dingen weiß." Kühl sah ihn herausfordern an. „Denken Sie jetzt bloß nicht, ich hätte mich in Erwartung meines baldigen Ablebens in den Schoß der Kirche geflüchtet." Er grinste und zeigte wieder einmal seine kräftigen Zähne in ihrer ganzen Pracht. „Nein, keineswegs. Aber hier im Haus wohnen zwei Kanzelschwalben, die mich, ob ich es nun will oder nicht, mit allem Tratsch und Klatsch aus der Gemeinde versorgen."

„Und sie reden auch über Frau Landsberg?"

„Natürlich. Über ihre Pastorin reden sie ganz besonders gerne."

„Und was sagen sie über sie?"

„Nichts Schlechtes jedenfalls."

„Reden Sie auch über ihren Mann?"

„Oh ja. Er gilt als bekennender Linker und wird deshalb nur sehr selten hier gesehen. Aber ..." Kühl lachte vergnügt in sich hinein. „Man munkelt, er habe recht altmodische Ansichten über die Ehe. Oder zumindest über seine eigene Ehe. Angeblich, so eine von den Betschwestern, hatte Frau Landsberg in das Pastorat ziehen wollen, als sie die Stelle hier in der Gemeinde bekam, aber Herr Gilmer fand das gar nicht gut. Er hätte ja auch hier wohnen müssen, und das wäre unter seiner Würde gewesen. So flüstert man jedenfalls. Hinter vorgehaltener Hand natürlich. Ganz bibelgemäß. Da heißt es schließlich: *Lass Deinen linken Nachbarn nicht wissen, was du deinem rechten Nachbarn erzählst.* Oder so ähnlich. Aber fragen Sie mich jetzt nicht, wo das steht. Na ja, die Leute mögen Frau Landsberg halt, und ich glaube, ihnen ist der Gedanke unangenehm, ihre Hirtin könnte sie von sich aus im Stich gelassen haben. Und nun sind die Leute natürlich voller Mitgefühl für sie, jetzt, wo sie ihr Kind verloren hat."

„Und was sagen die Betschwestern über die Kinder?"

„Die Tochter, ich glaube, sie heißt Carlotta, kommt manchmal sonntags zum Gottesdienst. Sie soll ein nettes Kind sein. Über den Sohn ist nichts bekannt."

„Es gibt Grund zu der Annahme, dass er rechten Ideologien gegenüber aufgeschlossen war."

„Was Sie nicht sagen. Eine meiner Kanzelschwalben hat mir gezwitschert, Gilmers Großvater sei ein Wehrmachtsgeneral gewesen, ein General und ein überzeugter Anhänger der Nazis." Kühl ließ sein kräftiges Gebiss erneut aufblitzen und strich sich liebevoll über den kahlen Schädel. „So dreht sich das Rad immer weiter, mal links herum, mal rechts herum. Ein Rechter zeugt einen Linken, ein Linker zeugt einen Rechten und so bis in alle Ewigkeit."

„Ist das nicht ein bisschen ..."

„Natürlich meine ich das mit dem Zeugen nur im übertragenen Sinne. Es ist die Erziehung, junger Mann. Glauben Sie mir das. Im Laufe seines Lebens macht man so seine Erfahrungen. Bei Gilmer ist halt nur eine Generation übersprungen worden. Gilmers Vater ist im Krieg gefallen, und der Junge ist bei den Großeltern aufgewachsen."

Jörgensen blickte seinen alten Chef skeptisch an.

„Aber erzählen Sie, junger Mann. Was haben Sie denn bisher noch über den Sohn herausbekommen? Er war ein Junkie, oder?"

„Der Rechtsmediziner denkt, eher nicht. Er meint, der junge Gilmer hätte nicht regelmäßig Drogen genommen, vielleicht sogar nie zuvor. Er hält es für möglich, dass jemand ihn niedergeschlagen und dann dem Wehrlosen das Zeug gespritzt hat."

„Interessant, sehr interessant. Was folgern Sie daraus?"

Jörgensen überlegte eine Weile, was er antworten sollte. Was auch immer er sagte, Kühl würde dagegen halten.

„Ich könnte mir vorstellen, dass Johannes Gilmer in rechte Kreise abgedriftet ist, obwohl es ihm mit deren Ideen gar nicht wirklich ernst war. Die Aussage seiner Schwester und auch die einer Studentin, die ihn kannte, wecken erhebliche Zweifel, dass er ein überzeugter Rechtsradikaler war. Vielleicht hatte er eingesehen, wie wenig ihn mit diesen Menschen verband und wollte dem Milieu den Rücken kehren. Aber, weil er schon zu viel wusste, hat man ihn beseitigt."

„Unsinn. Sie sind auf dem völlig falschen Weg. Sie sehen zu viel fern. Ich sage Ihnen, vergessen Sie den ganzen politischen Kram. Sie haben es hier mit einer ganz privaten, einer zwischenmenschlichen Tragödie zu tun. Es geht um Liebe, Hass, Eifersucht und so weiter. Das steht für mich fest. Felsenfest. Mein Gefühl sagt mir das, und auf mein Gefühl habe ich mich immer verlassen können. Johannes Gilmer ist nicht den Rechtsradikalen zum Opfer gefallen, auch nicht der Antifa. Er hat sich auch nicht selbst getötet, weil er sich schämte, ein Rechter zu sein. Nein, wenn es tatsächlich Mord war, müssen Sie den Täter woanders suchen."

„Und was soll ich also Ihrer Meinung nach jetzt tun?"

Kühl grinste und strich sich noch einmal genüsslich über den kahlen Schädel.

„Ermitteln, junger Mann, einfach weiter ermitteln."

4. Kapitel

Es war zu früh, um es noch einmal bei der Studentin zu versuchen, also entschied Jörgensen sich fürs Mittagessen. Früher war nicht weit von hier ein Italiener gewesen, aber da war mittlerweile schon seit Jahren ein Grieche drin. Wenn Sabrina heute Abend nicht zu Hause war, warum sollte er dann nicht ruhigen Gewissens etwas mit reichlich Knoblauch essen? Er stellte sich einen Grillteller vor mit allen erdenklichen Leckereien: Lammkoteletts, Gyros, Souvlaki, Souzuki und natürlich einer Riesenportion Tsatsiki. Dann noch Krautsalat und Pommes dabei und alles mit schwarzen Oliven und Ringen von roten Zwiebeln garniert. Ihm lief das Wasser im Munde zusammen. Das mit der Fitness konnte auch noch bis morgen warten.

Nach dem Essen machte er noch einen Versuch bei Irmentraut Frenzen. Wider Erwarten wurde tatsächlich auf sein Klingeln hin geöffnet, aber es war ein junger Mann, der vor ihm stand.

„Kriminalpolizei. Ich hätte gerne Frau Irmentraut Frenzen gesprochen."

„Ich auch, aber sie ist nicht da." Auf Jörgensens fragenden Blick hin ergänzte er: „Ich bin der Bruder. Ich wohne nicht hier, aber ich habe einen Schlüssel."

Er mochte Mitte, höchstens Ende zwanzig sein und das Auffälligste an seinem spitzen Gesicht waren die kleinen, grauen Augen, die immer ein wenig unstet hin und her wanderten.

„Vielleicht darf ich Ihnen auch ein paar Fragen stellen."

Der Bruder zögerte einen Moment.

„Ja, warum nicht? Kommen Sie herein. Worum geht es denn?"

Er führte den Kommissar in einen Raum, der offensichtlich als Arbeitszimmer benutzt wurde und wo nicht nur auf dem Schreibtisch, sondern auch sonst eine penible Ordnung herrschte.

„Es geht um den Tod von Johannes Gilmer. Sagt Ihnen der Name etwas?"

„Das ist der Junkie, der am Wochenende gestorben ist, nicht wahr?"

„Woher wissen Sie, dass es sich dabei um Johannes Gilmer handelte?"

„Meine Schwester hat es mir erzählt. Sie hat es in der Zeitung gelesen."

„In der Zeitung war kein Name genannt."

„Tatsächlich? Dann habe ich keine Ahnung, woher sie es wusste. Ich vermute, so was spricht sich irgendwie rum. Aber fragen Sie ruhig meine Schwester. Die kann Ihnen das sicher erzählen."

„Das werde ich tun. Und Sie, kannten Sie Gilmer?"

„Flüchtig. Er und meine Schwester sahen sich des Öfteren."

Jörgensen ging die Bemerkung Kühls, hinter Johannes Gilmers' Tod stecke eine Beziehungstat, durch den Kopf. Da war die unbekannte Marit, seine Freundin, hier noch eine Frau in seinem Leben ...

„Hatte Ihre Schwester eine ernstere Beziehung zu Johannes Gilmer?"

„Sie meinen, ob die beiden miteinander geschlafen haben? Keine Ahnung. Auch das sollten Sie meine Schwester fragen."

„Gut. Anderes Thema. Meines Wissens verbanden Ihre Schwester und den jungen Gilmer ähnliche politische Überzeugungen. Ist das korrekt?"

„Warum fragen Sie mich dauernd Dinge, die ich nicht weiß?"

„Wo stehen Sie denn politisch?"

„Ich? Ich kann mir keine politischen Überzeugungen leisten. Noch nicht."

„Sind Sie Student?"

„Nein. Ich habe Germanistik studiert und noch so dies und das. Aber inzwischen bin ich schon seit einiger Zeit damit durch."

„Und was machen Sie jetzt beruflich?"

„Ich versuche irgendwo als Journalist Fuß zu fassen. Hier mal ein Artikel, da mal eine Reportage. Das kriege ich hin. Politische Überzeugungen sind da aber eher hinderlich. Flexibilität ist gefragt. Sie müssen wissen, wo die wichtigen Leute in der Redaktion stehen und was sie haben wollen, und genau das müssen Sie liefern. Aber es ist trotzdem nicht so leicht, was Festes zu kriegen. Freie Mitarbeiter sind einfach billiger, und außerdem, wenn die Leute mit einem Freien nicht zufrieden sind, wird einfach der Stecker gezogen, und derjenige ist raus. Aber ich halte mich bisher irgendwie über Wasser und warte geduldig auf die große Story."

In diesem Augenblick hörten sie von der Wohnungstür her Geräusche.

„Das wird Irmentraut sein." Im Nu war er aufgestanden und aus dem Zimmer.

Eine Zeit lang hörte Jörgensen leise Stimmen im Flur, ohne etwas verstehen zu können, dann kamen die beiden herein.

Irmentraut Frenzen sah genauso aufgeräumt aus wie ihr Arbeitszimmer. Ein schmales Gesicht mit einer übergroßen Hornbrille, die blonden Haare zu einem Knoten gewunden, wodurch das Gesicht fast asketisch wirkte. Sie war Jörgensen auf Anhieb unsympathisch, was vielleicht auch nur daran lag, dass Irmentraut Frenzen keinen Hehl daraus machte, für ihn dasselbe zu empfinden.

Noch bevor Jörgensen oder die junge Frau etwas sagen konnten, erklärte Tycho Frenzen: „Meiner Schwester wäre es lieb, wenn ich bei dem Verhör dabei bin. Sie haben doch sicher nichts dagegen, oder?" Während er das sagte, wanderte sein Blick wieder unruhig hin und her.

„Ich will Ihre Schwester gar nicht verhören. Ich will sie nur befragen. Außerdem haben Sie vorhin vergessen zu erwähnen, dass Sie auch Anwalt sind."

„Bin ich auch gar nicht. Reine berufliche Neugier."

„Dann muss ich Sie bitten den Raum zu verlassen."

„Wenn mein Bruder nicht dabei ist", mischte sich Irmentraut Frenzen in die Auseinandersetzung, „können Sie sich all Ihre Fragen sparen. Dann sage ich nämlich gar nichts."

„Also?" Irmentraut Frenzens Bruder grinste.

„Dann bleiben Sie in Gottes Namen. Also, Frau Frenzen, Ihr Bruder hat Ihnen ja bestimmt schon erzählt, wer ich bin und warum ich hergekommen bin."

„Ja. Aber ich glaube nicht, dass ich Ihnen weiterhelfen kann."

„Sie wissen doch noch gar nicht, was ich Sie fragen möchte."

„Na gut, dann fragen Sie, wenn es unbedingt sein muss."

„Kannten Sie Johannes Gilmer schon länger?"

„Kommt drauf an, was Sie unter *länger* verstehen."

„Ich will versuchen mich klarer auszudrücken. Seit wann kannten Sie Johannes Gilmer?"

„Ich glaube, wir sind uns zu Beginn des Wintersemesters letzten Herbst zum ersten Mal begegnet."

„War Johannes Gilmer damals schon drogenabhängig?"

Irmentraut Frenzen hob die Augenbrauen, dann grinste sie.

„Nein."

„Ich merke, dass ich mich schon wieder missverständlich ausgedrückt habe. War Ihnen bekannt, dass er Drogen nahm?"

„Nein."

„Hat es Sie überrascht, als Sie erfuhren, dass er vorgestern an einer Überdosis Kokain gestorben ist?"

„Ja."

„Kennen Sie auch noch andere Wörter als *ja* und *nein*?"

„Das hängt ganz davon ab, was Sie für Fragen kennen."

„Teilten Sie die rechtsextremen Ansichten von Johannes Gilmer?"

„Ich weiß nicht, was Sie ..."

„Sagen Sie doch einfach *ja* oder *nein*. Diese beiden Wörter sind Ihnen doch so überaus geläufig."

„Sind Sie vom Verfassungsschutz, oder was soll dieser Scheiß?"

„Ich bin von der Mordkommission und will herausfinden, warum Johannes Gilmer gestorben ist, und ich möchte, dass Sie mir dabei helfen."

„Ich weiß nicht, wie ich das könnte. Er ist doch an einer Überdosis gestorben, oder etwa nicht? Also, von mir hatte er das Zeug nicht."

Der Blick des Bruders wanderte interessiert zwischen seiner Schwester und dem Kommissar hin und her, aber er sagte nichts.

„Das habe ich Ihnen auch gar nicht unterstellen wollen, Frau Frenzen. Ihr Bruder erzählte mir vorhin, Sie hätten beim Lesen des Artikels über den toten Junkie gewusst, dass es um Johannes Gilmer ging. Woher?"

„In der Zeitung stand etwas von Knooper Weg."

„Aber der ist ziemlich lang. Da wohnen eine Menge Leute."

Irmentraut Frenzen biss sich auf die Unterlippe, dann antwortete sie.

„Ich wollte ihn besuchen. Am Sonntag. Und dann habe ich den Rettungswagen vor der Tür gesehen. Und den vom Notarzt."

„Ja?"

„Ich wollte gerade über die Straße und reingehen, aber dann kamen auch noch die Bullen. Da hab ich's mir anders überlegt."

„Erzählen Sie ruhig weiter."

„Ich hab mir das Ganze aus der Ferne eine Weile angeguckt. Und dann sah ich die Loni Sommer rauskommen. Die machte einen echt fertigen Eindruck. Da bin ich dann lieber abgehauen."

„Und als Sie am nächsten Tag die Zeitung aufschlugen ..."

„... da wusste ich Bescheid."

„Mal eine ganz andere Frage: Zwischen Johannes und seinem Vater gab es Probleme, weil sie unterschiedliche politische Standpunkte vertraten, nicht wahr?"

„Das kann man wohl sagen."

„Es soll kürzlich einen Streit zwischen beiden gegeben haben wegen eines Buches von einem gewissen Martin Sellner."

„Ach ja? Haben Sie das Buch gelesen? Nein? Das sollten Sie tun. Dabei würden Ihnen einige Zusammenhänge klar werden."

„Leider kenne ich es nicht. Meine Arbeit lässt mir nur wenig Zeit zum Lesen. Was steht denn da so drin?"

Irmentraut Frenzen musterte ihn mit einem kritischen Blick.

„Wollen Sie das wirklich wissen? Oder versuchen Sie nur, mich irgendwie reinzulegen?"

„Wie sollte ich das tun? Das Buch ist doch nicht verboten, oder? Jeder darf es lesen, und jeder darf zugeben, dass er weiß, was drin steht."

Irmentraut Frenzen überlegte lange, bevor sie antwortete.

„Es ist im Prinzip nichts anderes als eine Aufforderung, nicht mehr tatenlos zuzusehen, wie die europäische Kultur vor die Hunde geht, sondern aktiv zu werden und der Herrschaft der linken Eliten und ihrer Ideologie etwas entgegenzusetzen."

„Auch mit gewaltsamen Mitteln?"

„Nein, wir sind strikt gegen Gewalt. Unsere Vorbilder sind Gandhi und die Bürgerrechtsbewegung."

„Und das fand auch Johannes gut?"

„Er war auf dem richtigen Weg. Aber er war noch zu sehr in die egalitären bürgerlichen Moralvorstellungen seiner Eltern verstrickt. Er konnte sich davon noch nicht wirklich lösen. Sicher war das auch die Schuld von dieser Marit. Sie hing wie eine Klette an ihm und hat ihn quasi paralysiert."

„Sie kannten Marit?"

„Natürlich. Johannes war schließlich schon seit Monaten mit ihr zusammen."

„Was wissen Sie von ihr?"

„Eigentlich nichts, außer dass sie eine dumme, kleine Pute war. Es ist mir schon immer ein Rätsel gewesen, wieso Männer, und vor allem intelligente Männer, Gefallen an dummen Frauen finden."

„Wissen Sie ihren Nachnamen? Ihre Adresse?"

Irmentraut Frenzen schüttelte den Kopf.

„Ich weiß nur, dass sie in der Firma von seinem Vater arbeitet. Das ist alles."

Jörgensen hörte, wie ihr Bruder bei diesen Worten einen leisen Pfiff ausstieß.

„Na, wenn das der Papa gewusst hätte – Entschuldigen Sie, Herr Polizist. Ist mir nur so rausgerutscht. Wollte nicht stören."

Aber Jörgensen war mit seinen eigenen Gedanken beschäftigt. Wenn diese Marit in der Firma von Gilmer arbeitete, würde es nicht mehr schwierig sein, sie ausfindig zu machen. Das war dann doch zumindest ein greifbares Ergebnis dieser Unterhaltung. Dann dachte er an Frau Landsberg. Sie wäre von dieser Nachricht wohl überrascht gewesen. Wenn Johannes eine Freundin gehabt hätte, so hatte sie gesagt, dann hätte er ihr das erzählt. Aber von Marit wusste sie nichts. Hatte Johannes ihr nichts verraten, weil Marit im Betrieb des Vaters arbeitete? Oder hatte Frau Landsberg doch etwas gewusst und ihn einfach nur angelogen?

Jörgensens Gedanken kehrten in die Gegenwart zurück. Ihm ging die Situation zunehmend auf die Nerven. Der Bruder, der dem Gespräch mehr oder weniger schweigend folgte, als sei er im Kino, und vor allem diese auf eine kindische Art zickige junge Frau. Er nahm sich vor, sie ein wenig aus ihrer Reserve herauszulocken.

„Und diesem dummen Mädchen ist Johannes also auf den Leim gegangen. Waren Sie auch an ihm interessiert? Waren Sie vielleicht sogar intim mit ihm? Bevor Marit aufgetaucht ist?"

Die graugrünen Augen funkelten, aber ansonsten ging sein Vorstoß ins Leere.

„Nein, er war mir noch zu unreif", meinte sie kühl. „Johannes suchte noch. Wer weiß, wo er am Ende gelandet wäre."

„Sie sind Studentin, Frau Frenzen, nicht wahr?"

„Ja."

„Was studieren Sie?" Jörgensen fragte es, obwohl er die Antwort wusste.

„Agrarwissenschaften." Als Jörgensen sie erwartungsvoll ansah, fuhr sie fort: „Meine Eltern haben einen kleinen Hof in Dithmarschen ... unsere Eltern wollte ich sagen. Milchvieh."

„Sie wollen den Hof übernehmen?"

„Ja, obwohl es eigentlich hoffnungslos ist. Zu klein. Landwirtschaft kann man heute nur noch in der Art eines Industriebetriebs betreiben. Und selbst dann wird man von den Supermarktketten mit ihrer Einkaufsmacht gewürgt, bis man erstickt. Der Hof hat schon meinen Urgroßeltern gehört. Sie haben ein gutes Leben geführt. Es war hart, aber sie hatten ihr Auskommen. Aber die Zeiten meiner Urgroßeltern und meiner Großeltern sind vorbei. Ich kann mittlerweile froh sein, wenn meine Eltern noch so lange durchhalten, bis ich mit dem Studium fertig bin. Und wer hat alles kaputtgemacht? Die Politik, die EU, die Globalisierung und den Todesstoß haben die Bauern dann schließlich von den Grünen bekommen."

„Gibt es nicht gerade für einen kleinen Hof die Möglichkeit, ökologischen Landbau zu betreiben und zu überleben?"

„Eine kleine Chance ist das schon, aber es ist auch die letzte, die allerletzte Chance. Für mich und für den Hof meiner Eltern jedenfalls. Aber haben Sie sich schon mal gefragt, was passieren würde, wenn es nur noch Ökobauern gäbe? Was das für uns bedeuten würde? Und für die anderen acht Milliarden Menschen auf unserer klitzekleinen Erde?"

Als er wieder im Büro war, fragte er Sattler, ob er aus den Nachbarn von Johannes Gilmer etwas herausbekommen hätte.

„Fehlanzeige. Aber ich habe nicht alle angetroffen. Ich wollte gegen Abend noch mal hin."

„Gut. Ist die Wohnung von dem jungen Gilmer eigentlich schon wieder freigegeben oder ist die Spurensicherung da noch dran?"

„Die Spurensicherung? Da ist nie was in der Richtung gelaufen. Es war doch alles ganz unverdächtig. Die beiden vom Revier und die vom KDD haben sich in der Wohnung umgeguckt. Wie ich Ihnen erzählt habe. Aber einfach nur so, ohne Schutzkleidung und den ganzen Hokus Pokus."

„Na schön. Ich verstehe. Aber sie haben hoffentlich wenigstens die Tür abgeschlossen, als sie gegangen sind."

„Sicher."

„Und die Schlüssel, die sind wo?"

„Keine Ahnung. Soll ich mich mal schlaumachen?"

„Ja, bitte."

Sattler brauchte nicht lange.

„Die haben sie gestern bei den Eltern vorbeigebracht."

„Da kann man nichts machen. Na gut, ich will mich trotzdem in der Wohnung noch mal umsehen." Er dachte an die Bemerkung von Apollonia Sommer, der Laptop von Johannes Gilmer sei bei ihrer Ankunft noch nicht im Ruhemodus gewesen. Es musste sich also jemand nicht allzu lange vor dem Tod des Studenten an dem Gerät zu schaffen gemacht haben. Entweder der Täter oder Johannes Gilmer selbst. Wenn sie die Einstellung des Gerätes kennen würden, wann es in den Energiesparmodus wechseln sollte, dann könnte ihnen das einen zusätzlichen Fingerzeig geben, wann Johannes Gilmer getötet worden war. Er wandte sich wieder an Sattler. „Sie rufen jetzt aber erst mal in Gilmers Firma an und fragen, ob sie dort eine Mitarbeiterin namens Marit haben."

„Und wie weiter?"

„Ihren Nachnamen sollen Sie ja gerade herausfinden. Den und, wenn's geht, auch noch, wo sie wohnt."

„Ich verstehe. Wird gemacht, Chef."

Jörgensen griff zum Telefon und rief bei Gilmers zu Hause an. Er bekam Frau Landsberg ans Telefon. Ja, den Schlüssel von Johannes' Wohnung, den hätte sie, und wenn es erforderlich wäre, könne die Polizei den natürlich bekommen.

„Ich bin in einer viertel Stunde bei Ihnen, Frau Landsberg."

Er legte auf. Dann fiel ihm etwas ein. Irgendwo aus den Tiefen des Unterbewusstseins war es plötzlich aufgestiegen, etwas, das er Apollonia Sommer unbedingt noch fragen musste, aber kaum hatte er den Hörer wieder in der Hand, steckte Sattler den Kopf zur Tür herein.

„Kein Glück. So ohne Weiteres geben sie keine persönlichen Daten von Mitarbeitern preis. Weder am Telefon noch sonst wie. Politik des Hauses. Bekommen alle Mitarbeiter von ganz oben immer wieder eingebläut." Und als Jörgensen sich gerade wieder dem Telefon zuwenden wollte, fügte Sattler hinzu: „Und dann hat die gute Frau noch etwas genervt gemeint, das hätte sie doch auch schon dem Kollegen gesagt, der vorhin angerufen hätte."

„Welchem Kollegen? Haben Sie gefragt, wer das war?"

„Ja. Jörgensen."

Der Kommissar sah Sattler verständnislos an.

„Er hat gesagt, er würde Jörgensen heißen."

„Und was hat er wissen wollen?"

„Na, er hat sich auch nach dieser Marit erkundigt."

Jörgensen überlegte einen Moment, dann sah er auf die Uhr.

„Es ist noch recht früh am Nachmittag. Sie fahren in die Waitzstraße und beobachten den Ausgang von der Firma. Und wenn diese Marit Feierabend macht und das Gebäude verlässt, quatschen Sie sie an. Aber verhaften Sie sie nicht gleich. Ihnen wird schon was einfallen. Und wenn Sie ihren Namen und ihre Adresse haben, rufen Sie mich an."

„Gut. Aber woran erkenne ich sie?"

„Jung, wahrscheinlich höchstens zwanzig, eher klein, vollschlank, blond, blaue Augen. Soll ganz niedlich aussehen."

„Bin schon weg, Chef."

Einen Moment lang dachte er daran, dass er Apollonia Sommer etwas hatte fragen wollen, aber er konnte sich nicht mehr erinnern, was. Also verließ er sein Büro und fuhr in den Niemannsweg, um die Schlüssel für Johannes Gilmers Wohnung zu holen. Ohne diesen Umweg hätte er die Wohnung des Jungen im Knooper Weg von der Blume aus in wenigen Minuten zu Fuß erreichen können.

Frau Landsberg empfing ihn mit einem verlegenen Lächeln und bat ihn herein.

„Ich musste noch ein Telefonat führen. Und jetzt wollte ich die Schlüssel für Sie raussuchen und kann sie nicht finden. Kommen Sie doch bitte noch einen Moment herein." Sie führte ihn ins Wohnzimmer. „Nehmen Sie bitte Platz. Es dauert bestimmt nicht lange." Dann stutzte sie. „Nanu, da liegen sie ja." Sie griff nach einem Schlüsselbund, das auf einer Anrichte neben der Tür lag. „Ich dachte, ich hätte sie im Flur liegen gelassen. Ach, ich werde wohl langsam tüdelig. Ist es etwas Bestimmtes, was Sie in der Wohnung suchen? Wir sind noch nicht da gewesen, seit ... seit dem Unglücksfall."

„Nein, eigentlich nicht. Ich will mich nur ein wenig umsehen."

Sie zögerte einen Moment.

„Wissen Sie, mein Mann hat mir von seinem Gespräch mit Ihnen erzählt. Erst wollte er nicht so recht." Ein melancholisches Lächeln huschte über ihr Gesicht. „Aber dann hat er mir verraten, dass Johannes' Tod vielleicht gar kein Unfall war. Glaubt die Polizei das tatsächlich?"

Jörgensen schaute ihr einen Moment lang in die Augen, und was er sah, veranlasste ihn zu sagen:

„Wir ermitteln in alle Richtungen, Frau Landsberg. Das ist so üblich in einem solchen Fall. Mehr kann ich dazu leider im Augenblick nicht sagen."

„Warum haben Sie zu meinem Mann davon gesprochen, und warum sagen Sie mir nichts?"

„Ich kann leider keine Erläuterungen zu unserer Vorgehensweise abgeben. Das tut mir sehr leid, Frau Landsberg, und ich muss Sie um Verständnis dafür bitten."

Jörgensen konnte an ihrem Gesicht ablesen, dass sie dafür kein Verständnis hatte.

5. Kapitel

Er parkte den Dienstwagen vor der Blume und ging zu Fuß zu dem Haus im Knooper Weg. Es war ein Altbau, dessen Fassade im unteren Bereich mit Mustern aus dunkelgrün glasierten Klinkern verziert war. Das sind sogenannte Kieler Klinker, sagte sich Jörgensen. Er war ein wenig stolz darauf, diesen Ausdruck, den Sabrina einmal gebraucht hatte, behalten zu haben, obwohl er sonst herzlich wenig von Kieler Architektur und deren Geschichte wusste.

Acht Klingelknöpfe befanden sich neben der Haustür, neben einem stand der Name Gilmer. Jörgensen zog die Schlüssel hervor und ließ sich ein. Dann stieg er in den zweiten Stock hinauf. Der Hausflur war heruntergekommen, aber sauber.

Johannes Gilmers Wohnung merkte man an, dass sie die erste Bleibe eines jungen Menschen war. Sie war sparsam möbliert – nur das Nötigste war vorhanden – und noch nicht mit allem möglichen Krimskrams vollgestopft. Jörgensen empfand so etwas wie Neid, wenn er an all die Dinge dachte, die sich bei ihm im Laufe der Zeit angesammelt hatten und die wegzuwerfen er nicht den Mut aufbrachte.

Jörgensen ging von Raum zu Raum in der Hoffnung, irgendetwas zu entdecken, was erklären würde, warum jemand Gilmer getötet hatte. Er stellte fest, dass die Wohnung tatsächlich nicht wie die Behausung eines Junkies wirkte. Alles war mehr oder weniger sauber und ordentlich. Es war die Wohnung eines ganz normalen jungen Mannes.

Im Schlafzimmer fand er auf dem Fußboden neben dem Bett ein Buch und hob es auf. Möglicherweise war das Johannes Gilmers letzte Lektüre gewesen. *Murder in the Cathedral*, las Jörgensen. Ein Krimi, vermutete er, aber beim Blättern stellte er überrascht fest, dass er sich getäuscht hatte. Nein, es war ein Drama und obendrein ein in Versen geschriebenes. Der englischsprachige Text war reichlich mit Markierungen aller Art versehen, Unterstreichungen, Anmerkungen, Frage- und Ausrufezeichen. Er musste an die Bemerkung Carlotta Gilmers über die Lesegewohnheiten ihres Bruders denken. Öfters waren Wörter markiert und eine Übersetzung am Rand vermerkt. Auf einer Seite hatte Johannes Gilmer sogar einmal zwei Verse fast komplett übersetzt. *Ringe nicht mit den unbezähmbaren Gezeiten / Segle nicht den unausweichlichen Wind*, stand da in einer kaum lesbaren Handschrift und darunter war ein großes Fragezeichen. Jörgensen legte das Buch schließlich aufs Bett und setzte seinen Rundgang fort.

Am Ende gelangte er ins Wohnzimmer. Auch hier sah er auf den ersten Blick nichts Auffälliges. Da war keine Reichskriegsflagge oder sonst etwas, was Zeugnis einer rechten Gesinnung ablegte. An der Wand gegenüber des Fensters hing als großes Poster jenes Foto Einsteins, das ihn zeigt, wie er dem Fotografen die Zunge herausstreckt. Jörgensen empfand es fast ein wenig wie eine höhnische Geste nicht Einsteins, sondern Johannes Gilmers. Als würde er geahnt haben, dass Jörgensen irgendwann hier stehen und rätseln würde, warum dieser scheinbar intelligente junge Mann aus einem behüteten Elternhaus eines Tages mit der Welt seiner Eltern gebrochen hatte und am Ende ermordet worden war.

Jörgensen erinnerte sich an die Erklärung seines alten Chefs, dass die Erziehung immer das Gegenteil von dem bewirkt, was sie erreichen sollte. Linke Eltern bringen zwangsläufig rechte Kinder hervor und umgekehrt. Wahrscheinlich hatte Kühl damit ausdrücken wollen, dass Heranwachsende keine andere Möglichkeit haben, sich von ihren als übermächtig empfundenen Eltern abzulösen, als gegen deren Weltbild zu revoltieren. Aber war das nicht ein bisschen zu einfach gedacht? Katinka hatte sich nie gegen ihn aufgelehnt. Mit einem flüchtigen Lächeln sagte er sich, dass er vielleicht auch nie ein übermächtiger Vater gewesen war.

Er warf einen Blick auf die Bücher im Regal über dem Schreibtisch. Vielleicht konnten sie ihm etwas über Johannes Gilmer erzählen. Die Mehrzahl waren wohl

Fachbücher, ein paar Romane und Gedichtbände entdeckte er und dann auch jenes Buch von Sellner über die Identitäre Bewegung. Er nahm es zur Hand und blätterte darin. Er hatte fast ein wenig das Gefühl, etwas Verbotenes zu tun. Es war wie damals, als er zum ersten Mal in jungen Jahren ein Pornoheft in der Hand gehalten hatte.

Jörgensen hatte irgendwo mitten im Buch angefangen zu lesen und folgte dem Text fasziniert über zwei, drei Seiten. Der Mann verstand es, seinen Standpunkt eloquent vorzutragen, dachte er anerkennend. Manches erinnerte ihn an das, was Irmentraut Frenzen ihm erzählt hatte. Nach einer Weile stellte er das Buch ins Regal zurück.

Da waren noch ein paar Bücher, von denen er schon mal gehört hatte: Houellebecqs *Die Unterwerfung* zum Beispiel und *Deutschland schafft sich ab* von Sarrazin. Mit der Mehrzahl der anderen konnte er nichts anfangen. Alle sahen nicht wirklich zerlesen aus. Erhebliche Spuren intensiven Gebrauchs wies hingegen eine Taschenbuchausgabe von Platons *Politeia* auf. Wie das Buch im Schlafzimmer war auch dieser Text reichlich mit Unterstreichungen und für Jörgensen kaum zu entziffernden Randnotizen versehen. Eine Übersetzung des Titels fand er nicht, aber es mochte wohl um Politik gehen. Platon? Das war doch einer von diesen Philosophen aus dem alten Griechenland. Was mochte der damals für politische Ideen vertreten haben? Er nahm sich vor, heute

Abend Sabrina zu fragen. Sie würde es wahrscheinlich wissen.

Gilmers Schreibtisch machte keinen besonders aufgeräumten Eindruck. Jörgensen blätterte in den herumliegenden Papieren, schaute in die Schubladen. Er fand auch hier nichts wirklich Interessantes, aber irgendetwas irritierte ihn. Er rätselte, was das sein mochte, und verharrte einen Moment reglos. Dann kam der erlösende Gedanke. Apollonia Sommer hatte erzählt, dass der Laptop auf dem Schreibtisch noch im Arbeitsmodus war, als sie hereinkam. Aber hier war kein Laptop. Nicht auf dem Schreibtisch und auch sonst nirgendwo.

In seine Gedanken versunken hastete Jörgensen durch den inzwischen kräftig fallenden Regen zur Blume zurück. Er war noch gar nicht weit gekommen, als er hinter sich eine weibliche Stimme hörte, leise und sonderbar traurig: „Haben Sie eine kleine Spende für mich?" Er hatte die Person im Vorbeigehen nur aus dem Augenwinkel heraus wahrgenommen. Er hätte nicht einmal sagen können, ob es sich um eine alte Frau, ein junges Mädchen oder was auch immer handelte. Im Weitergehen drehe er sich kurz um, aber er war schon ein Stück entfernt von der Person, die an der Hauswand Schutz vor dem Regen suchte und die sich bereits enttäuscht von ihm abgewandt hatte.

Jörgensen eilte weiter, aber je weiter er ging, desto stärker wurde das Gefühl, er hätte nicht achtlos weitergehen sollen. Die leise, traurige Stimme klang in ihm nach und schnürte ihm ein wenig die Kehle zu.

Jörgensen war gerade in der Blume angekommen, als sein Handy klingelte. Es war Sattler.

„Haben Sie sie?"

„Nein, das nicht. Ich habe draußen gestanden. Ewig. Und das bei diesem Schietwetter. Aber ich habe keine gesehen, auf die die Beschreibung passte. Als es dann auf sechs zuging, habe ich die Nächstbeste, die rauskam, angesprochen. ‚Hallo, Marit, lange nicht gesehen', habe ich gesagt, aber sie war keine Marit. Sie war nicht mal blond."

„Zur Sache, Sattler, zur Sache." Er hängte sein vom Regen nasses Sakko über die Stuhllehne.

„Sie hat mir erzählt, dass Marit sich gestern krank gemeldet hat und auch heute nicht da war. Was ihr fehlt, wusste sie aber nicht."

„Name. Anschrift."

„Marit May. Wohnt mit einer Freundin zusammen in der Kirchhofallee."

Jörgensen notierte sich die genaue Anschrift.

„Gut. Ich fahr mal zu der Kleinen hin. Sie kümmern sich jetzt wieder um die Nachbarn von Johannes Gilmer."

„Okay, Chef."

Widerwillig zog Jörgensen sein feuchtes Sakko wieder an.

Die junge Frau, die ihm öffnete, war schlank und brünett. Also musste sie die Mitbewohnerin sein.

„Kriminalpolizei. Ich hätte gerne Frau Marit May gesprochen.“

„Ich weiß nicht ... Marit ist krank. Könnten Sie nicht ein andermal ...“

„Es ist sehr wichtig, dass ich sie *jetzt* spreche. Sie ist doch hier, oder?“

„Ja, aber sie schläft.“

Jörgensen beschlich das Gefühl, dass diese unreife Göre ihn an der Nase herumführen wollte.

„Dann wecken Sie sie bitte. Darf ich eintreten?“

Sie ließ ihn resigniert herein und deutete wortlos mit einer Handbewegung auf eine nur angelehnte Tür. Jörgensen ging hinein, und vor ihm stand ein Mädchen, auf das Apollonia Sommers Beschreibung perfekt passte: Klein, blond, pummelig und irgendwie süß. Sie hatte offensichtlich hinter der Tür gestanden und gelauscht.

„Guten Tag. Jörgensen, Kriminalpolizei. Sie sind Marit May, nicht wahr?“

„Ja.“

„Es tut mir leid, dass ich Sie belästigen muss. Wenn ich richtig verstanden habe, sind Sie krank. Dann ist es vielleicht besser, wenn wir uns setzen.“

86

Das Zimmer war Wohn- und Schlafzimmer zugleich. Wahrscheinlich hatte jedes der Mädchen ein Zimmer, während sie sich Küche und Bad teilten.

„Sie arbeiten in der Firma von Georg Gilmer?"

„Ja."

„Als was?"

„Ich mache eine Ausbildung zur Kauffrau für Büromanagement."

„In welchem Lehrjahr?"

„Im dritten."

„Wie alt sind Sie?"

„19."

„Sind Sie hier in Kiel geboren?"

„Ja ... ich meine, nein. In Kronshagen."

Jörgensen machte eine kleine Pause, dann wechselte er abrupt das Thema.

„Sie hatten ein Verhältnis mit Johannes Gilmer, dem Sohn Ihres Chefs?"

Sie zögerte, während gleichzeitig ihre Augen feucht wurden.

„Wir hatten uns gern", sagte sie schließlich leise.

„Seit wann waren Sie zusammen?"

Marit May hielt die Hände vors Gesicht und Jörgensen konnte das: „Seit ... seit acht Monaten", kaum verstehen. Er nahm sich vor, etwas behutsamer mit ihr umzugehen.

„Es war sicher ein großer Schock für Sie, von seinem Tod zu erfahren. Haben Sie sich deshalb krank gemeldet?"

Sie nickte stumm, immer noch hinter ihren Händen verborgen.

„Hat es Sie überrascht, dass er an einer Überdosis Kokain gestorben ist?", fragte er, obwohl er sich inzwischen die Antwort denken konnte.

Marit May sah ihn mit ihren großen blauen Augen an und schüttelte den Kopf. „Johannes hat nie Drogen genommen."

„Gut. Was wissen Sie über die Menschen, mit denen er umging? Gab es da welche, die ihn nicht mochten? Hat er mit Ihnen darüber geredet?"

Wieder ein Kopfschütteln.

„Haben Sie mit ihm über Politik gesprochen? Was hielten Sie von seinen Ansichten?"

„Nein, über so etwas haben wir nie geredet."

„Wie? Sie sagten, Sie kannten sich seit über einem halben Jahr. Da werden Sie doch irgendwann auch mal über die Dinge gesprochen haben, die in der Zeitung stehen oder in den Nachrichten erwähnt werden."

„Nein, nie. Über so etwas haben wir nie geredet. Nie. Ich lese auch gar keine Zeitung."

Jörgensen war überrascht von dem fast schon panischen Gesichtsausdruck, mit dem sie das sagte.

„Haben Sie nicht vielleicht mal über Flüchtlinge miteinander geredet oder Einwanderer oder über Muslime zum Beispiel?"

„Nein, nie. Warum hätten wir das tun sollen?"

Er stellte ihr noch ein paar Fragen, wann sie ihn zuletzt gesehen hätte und so weiter, aber soviel er auch fragte, er erfuhr nichts, was ihm weiterhalf. Schließlich fuhr er zur Blume zurück, aber weil es schon nach sieben war, ging er nicht mehr in sein Büro.

Es regnete immer noch, und er versuchte, die wenigen Hundert Meter bis zur Wohnung so schnell wie möglich zurückzulegen.

Wie erwartet war Sabrina nicht da. Also ging er in die Küche und machte sich das Wildschweinragout warm. Auf dem Küchentisch fand er eine Flasche Chianti und daneben lag ein Zettel. *Buon appetito e cin cin – ti amo!*, hatte Sabrina geschrieben. Er deckte sich den Tisch im Esszimmer.

Als seine Frau nach Hause kam, saß er immer noch dort, vor sich das schmutzige Geschirr und ein leeres Grappaglas.

„Na, hast du mich sehr vermisst?", fragte sie.

„Und wie, Schatz!" Als sie ihn küsste, roch ihr Atem nach Alkohol. Ihre Finger fuhren durch Jörgensens für sein Alter immer noch recht volles Haar.

„Schade, bald sind sie ganz und gar grau. Nur dein Gesicht, das ist immer noch das Gesicht eines kleinen Jungen. Wie seltsam."

Jörgensen ergriff die Hand, die seinen Kopf gestreichelt hatte, und betrachtete sie lange. Dann küsste er ihre Finger drei-, viermal, bis Sabrina ihm die Hand behutsam entzog.

„Und warum sitzt du hier und grübelst vor dich hin? Du hast ja nicht mal abgeräumt."

Jörgensen erzählte ihr ein wenig von seinem Tag, während sie gemeinsam das Geschirr in der Spülmaschine deponierten. Einen Moment lang spielte er mit dem Gedanken, von der Bettlerin zu erzählen. Die wollte ihm einfach nicht aus dem Kopf gehen, aber Sabrina würde ihn dann sicher ausgelacht haben, und so beschränkte er sich darauf, über seine Ermittlungen zu reden.

„Ich kann mir keinen Reim darauf machen, dass diese Marit May so kategorisch behauptet hat, sie und Johannes hätten nie über Politik geredet", meinte er schließlich. „Das tut doch jeder irgendwann mal."

„Vielleicht scheute sie sich, über seine Nähe zu den Rechten zu reden. Möglicherweise wollte sie nichts Schlechtes über ihn sagen."

„Ich bin mir da nicht so sicher. Ja, und außerdem wüsste ich verdammt noch mal gerne, wer in ihrer Firma unter meinem Namen nach ihr gefragt hat. Und warum er sich für dieses Mädchen interessiert."

„Das wirst du ganz bestimmt morgen herausfinden. Oder übermorgen. Jetzt lass uns noch einen Grappa trinken, und dann gehen wir ins Bett."

Während sie im Wohnzimmer auf dem Sofa nebeneinandersaßen – so, wie es sich für ein älteres Ehepaar gehörte – und jenen letzten Grappa tranken, erkundigte Jörgensen sich nach seiner Tochter.

„Katinka hat Liebeskummer", erklärte Sabrina. „Wir waren deshalb auch nicht im Kino. Wir sind essen gegangen und haben den ganzen Abend lang gequatscht."

„Was? Schon *wieder* Liebeskummer?"

„Was soll das heißen? Ist das alles, was dir dazu einfällt? Hast du denn überhaupt kein Mitleid mit deiner Tochter, du herzloser Bulle?"

Während sie das sagte, legte sie ihre Arme um seinen Hals und gab ihm dann einen langen Kuss. Jörgensen fiel ein, dass er Sabrina noch auf Platons *Politeia* hatte ansprechen wollen, aber das traute er sich nach diesem Kuss nicht mehr. Platon musste bis morgen früh warten.

Mittwoch

(Der dritte Tag)

6. Kapitel

Dass Nachbarn die Polizei rufen, wenn sie einen Schuss hören, kommt wohl nur in Krimis vor, sagte sich Jörgensen, während er auf dem Weg zur Paul-Fuß-Straße war. Er erinnerte sich an den Laden am Exerzierplatz, den Einbrecher vor etlichen Jahren nachts ausgeplündert hatten. Als der Inhaber am nächsten Morgen in sein Geschäft gekommen war und die Bescherung gesehen hatte, da kamen zu allem Überfluss auch noch die Leute, die über dem Laden wohnten, um sich bei ihm wegen des nächtlichen Krachs zu beschweren. Auf die Idee, nach der Ursache zu sehen oder gar die Polizei zu rufen, waren sie nicht gekommen. Auch als der Schuss fiel, der Rik Britman tötete, hatte niemand reagiert, obwohl er wahrscheinlich kaum zu überhören gewesen war.

Jörgensen war alarmiert worden, als er frühstückte. Er hatte gerade sein Spiegelei und eine erste Scheibe Toast gegessen und war drauf und dran gewesen, Sabrina nach Platons *Politeia* zu fragen, als sein Handy klingelte. Er hörte sich Sattlers Meldung an, trank einen letzten Schluck Kaffee, gab Sabrina noch schnell einen flüchtigen Kuss, und dann hastete er davon.

In der Paul-Fuß-Straße parkte er seinen Wagen neben einem dunkelblauen Mercedes Vito. Er hatte kein offizielles SH-Kennzeichen, aber Jörgensen erkannte natürlich sofort, dass es ein Fahrzeug der Kollegen aus der Blume war.

Als er aus seinem Wagen ausstieg, sagte er sich, dass er wohl oder übel seine Schutzkleidung mitnehmen müsste, um sich am Tatort umsehen zu können. Dann sah er Dr. Martin aus dem Haus kommen.

„Hallo", rief der ihm zu. „Sie brauchen sich nicht zu beeilen. Der Mann ist schon tot. Mausetot." Er zog genüsslich an einem Zigarillo.

„Erzählen Sie."

„Recht klare Sache. Ein einziger Schuss, ziemlich großes Kaliber, keine Waffe für die Handtasche, würde ich sagen. Kopfschuss. Aus nächster Nähe in den Hinterkopf. Der Mann war wohl sofort tot. Ist schon eine Weile her. Irgendwann gestern Abend würde ich schätzen. Genaueres, wenn wir ihn untersucht haben."

„Wenn er von hinten erschossen wurde, dann ist er entweder vom Täter überrascht worden ..."

„Oder er kannte den Täter so gut, dass er ihm leichtsinnigerweise den Rücken zugewandt hat, nicht wahr? Aber das ist ja schon wieder Ihre Spielwiese. Ich mach mal die Fliege. Werde ein wenig Zeitung lesen, bis man uns unsere Arbeit vorbeibringt. Ich melde mich hinterher bei Ihnen. Ciao ciao!"

Am Tatort wimmelte es bereits von Menschen. Durch die offene Wohnungstür konnte er an dem dort postierten Uniformierten vorbei einen Blick auf die Kriminaltechniker in ihren weißen Overalls erhaschen, mittendrin auch Sattler.

Als der ihn bemerkte, winkte Jörgensen ihn zu sich.

„Erzählen Sie."

„Haben Sie den Doktor noch getroffen? Dann hat er Ihnen ja schon das Wichtigste gesagt. Der Tote liegt im Wohnzimmer. Er muss noch auf gewesen sein, als es passierte. Von der Tatwaffe keine Spur."

„Sonst noch was?"

„Bisher nicht."

„Wer hat den Toten gefunden?"

„Die Beamten vom Revier. Die Frau von oben drüber, eine gewisse Frau Albrecht, hat bei ihm geklingelt, weil sie sich beschweren wollte. Der Fernseher lief die ganze Nacht. Es hat keiner aufgemacht, obwohl der Fernseher immer noch lief. Also hat sie die Polizei alarmiert, die Kollegen haben die Eltern ausfindig gemacht, na, und so weiter und weiter. Am Ende sind die Leute von der Wache hergekommen. Der Beschreibung dieser Frau Albrecht nach handelt es sich bei dem Toten um den Mieter der Wohnung, einen gewissen Rik Britman."

„Ist jemand von der Staatsanwaltschaft da?"

„Noch nicht, aber sie sind informiert. Es wird sicher jemand vorbeischauen. Einen Mord lassen sie sich doch nicht entgehen."

„Gut."

Jörgensen musste nicht lange warten. Es war Dr. Winckel, ein noch recht junger Mann, mit dem er aber schon häufiger zusammengearbeitet hatte.

„Sie wissen wahrscheinlich schon, wer der Tote ist, oder?", fragte Winckel.

„Wir gehen davon aus, dass es sich um den Mieter der Wohnung handelt, einen gewissen Rik Britman."

„Lebte er allein?"

„Soweit wir bisher wissen, ja."

„Wer hat den Toten gefunden?"

Jörgensen wiederholte, was er von Sattler erfahren hatte.

„Hat man die Frau schon verhört?"

„Nur ganz kurz. Ich wollte gleich mal zu ihr rauf. Wenn Sie ..."

Dr. Winckel machte eine abwehrende Handbewegung.

„Keine Zeit! Wissen wir schon Näheres über den Toten?"

„Ja, ich habe ihn vorgestern im Zuge einer anderen Ermittlung kennengelernt. Nur ganz kurz. Er arbeitete als persönlicher Referent eines Mannes namens Georg Gilmer."

„*Dem* Georg Gilmer."

„Ja."

Dr. Winckel hob beeindruckt die Augenbrauen.

„Sein Sohn ist am Wochenende an einer Überdosis gestorben, nicht wahr? Gibt es in der Sache für Sie etwas zu ermitteln?"

„Bei der Obduktion sind Unstimmigkeiten aufgetaucht. Fremdverschulden kann nicht ausgeschlossen werden. Die Staatsanwaltschaft ist sicher auch in Kenntnis gesetzt worden."

„Natürlich, natürlich. Keine Ahnung, auf wessen Schreibtisch das gelandet ist. Auf meinem, glaube ich, nicht, aber ich könnte das nicht beschwören." Dr. Winckel dachte einen Moment nach. „Und jetzt Gilmers Referent. Am Telefon war davon die Rede, er sei erschossen worden. Kann es nicht auch Selbstmord gewesen sein?"

„Er ist von hinten erschossen worden, und von der Waffe fehlt bisher jede Spur."

„Das klingt ziemlich eindeutig. Na gut, ich muss wieder weg. Mein Schreibtisch ist kurz davor, unter der Last der Akten zusammenzubrechen." Dr. Winckel grinste, aber nur kurz. „Sie halten mich auf dem Laufenden, ja? Wenn es mit Gilmer zu tun hat, darf nichts schiefgehen. Das ist Ihnen klar, oder?"

„Wir tun unser Möglichstes."

Als Dr. Winckel wieder weg war, ging Jörgensen in den dritten Stock hinauf und klingelte bei der Wohnung, die direkt über der von Britman lag. H. Albrecht stand auf dem Türschild. Die Frau, die öffnete, mochte so etwa um die vierzig sein. Jörgensen stellte sich vor.

„Ich habe mir schon gedacht, dass Sie mit mir sprechen wollen. Kommen Sie doch herein. Ich habe gleich heute früh meinen Chef angerufen und mir für heute freigenommen." Ihre blassblauen Augen sahen ihn erwartungsvoll an. „Nach all der Aufregung hätte ich mich sowieso auf nichts konzentrieren können. Ein Mord in unserem Haus! Das hat es noch nie gegeben. Jedenfalls nicht, seit ich hier wohne, und das sind schon über 15 Jahre. Und er war so ein netter junger Mann, der Herr Britman. Hat immer freundlich gegrüßt, wenn wir uns im Hausflur begegnet sind. Er war eigentlich auch ein sehr ruhiger Mieter. Der Krach letzte Nacht, das war das erste Mal, dass ich mich über ihn geärgert habe. Aber da war er ja wohl schon tot. Habe ich recht, Herr Kommissar?"

Jörgensen war froh, dass Frau Albrechts Frage es ihm ermöglichte, auch einmal zu Wort zu kommen.

„Haben Sie außer dem laufenden Fernseher noch irgendetwas gehört? Einen Schuss zum Beispiel?"

„Ja, ich glaube, den habe ich gehört, aber ich habe mir halt nichts dabei gedacht. Herr Britman guckt einen Krimi, habe ich mir gesagt. Obwohl der Knall wirklich sehr laut war."

„Wissen Sie noch, wann Sie diesen Knall gehört haben?"

„Ich habe nicht auf die Uhr gesehen. Ich habe ja nicht geahnt, dass das wichtig sein könnte. Warten Sie, gestern war Dienstag, da habe ich natürlich *In aller Freundschaft* gesehen. So realistisch ist das immer, wie im wahren Leben. Schauen Sie sich das auch manchmal an?"

„Fiel der Schuss während der Sendung?"

„Aber nein, dann wäre er mir wahrscheinlich gar nicht aufgefallen. Ich hatte den Fernseher schon einige Zeit vorher ausgemacht. Für die Tagesthemen interessiere ich mich nämlich ehrlich gesagt nicht. Es könnte also so um 22 Uhr herum gewesen sein, das mit dem Schuss."

„Herr Britman lebte allein, nicht wahr? Bekam er oft Besuch?"

„Nie. Jedenfalls habe ich nie etwas davon mitbekommen. Dabei war er doch so ein netter Junge. Aber ich habe ihn immer nur allein im Hausflur getroffen. Und auch nie Stimmen unten in der Wohnung gehört. Nur den Fernseher."

Als Jörgensen das Haus verließ, traf er Sattler, der mit einem der Kriminaltechniker draußen eine rauchte.

„Schon irgendwas Interessantes entdeckt?"

„Nicht viel. Die Schubladen des Schreibtischs standen offen und jemand hat darin gewühlt. Etliches ist dabei auf dem Boden gelandet. Vielleicht hat der Täter nach etwas gesucht. Wenn, dann hat er es entweder schnell gefunden oder ziemlich bald aufgegeben."

Jörgensen nahm die Information mit einem leisen Brummen auf. „Haben Sie gestern im Knooper Weg noch etwas erreicht?"

„Nein. Fehlanzeige. Niemand hat etwas gesehen, niemand hat etwas gehört."

„Na schön, dann versuchen Sie heute *hier* Ihr Glück. Die von der Spurensicherung kommen auch ohne Sie zurecht."

„Wird gemacht, Chef."

„Zu Frau Albrecht brauchen Sie nicht zu gehen. Mit der habe ich schon gesprochen."

„Alles klar."

Jörgensen saß in seinem Büro und brütete vor sich hin. Der Mord an Rik Britman veränderte alles. Die beiden Taten mussten irgendwie zusammenhängen. Alles andere wäre einfach entschieden zu viel Zufall. Aber war derjenige, der Britman erschossen hatte, auch der, der Johannes Gilmer die Überdosis verpasst hatte? Immer vorausgesetzt, Dr. Martins Vermutung stimmte. Aber warum hatte er sich bei seinem zweiten Mord nicht mehr die Mühe gemacht, ihn als Unglücksfall zu kaschieren? Hatte ihn etwas in Panik geraten lassen?

Und wer war hinter der kleinen Marit her? War das auch wieder derselbe? War Marit May die Nächste, die ins Visier des Mörders geraten würde? Aber warum? Und was war mit Gilmers Nähe zu den Rechtsextremisten? Wie passte das ins Bild? War auch Britman …

Jörgensen fluchte leise und stand auf, um in seinem Büro auf und ab zu gehen.

Er fragte sich, was er nun tun sollte, und ihm war schnell klar, dass er noch einmal zu Georg Gilmer gehen musste. Erst der Sohn, jetzt der persönliche Referent. Gilmer würde einiges ...

Da klingelte das Telefon. Es war einer der Kriminaltechniker.

„Es geht um den Toten von heute Morgen. Ich dachte, es könnte für Sie interessant sein", meinte der Anrufer. „Wir haben uns das Projektil und die Patronenhülse angeschaut. Bei der Tat wurde eine Patrone 9 mm verwendet. Munition, wie Sie sie auch benutzen."

„Ja, ich weiß", warf Jörgensen ein klein wenig genervt ein. Für wie blöd hielt der Mensch ihn?

„Und auch viele Sportschützen", fuhr der andere unbeirrt in seinem Vortrag fort. „Eine Allerweltsmunition also. Eigentlich. Aber, ob Sie's glauben oder nicht, das Projektil hat einen mit Blei ummantelten Eisenkern."

„Und das bedeutet?", fragte Jörgensen vorsichtig.

„Das war Munition aus dem Zweiten Weltkrieg. Eine sogenannte *o8 m.E.-Patrone*. Die haben die Deutschen während des Krieges hergestellt. Ich bin mir da ziemlich sicher, obwohl ich mit derartiger Munition noch nie zu tun hatte. Möglicherweise hat der Täter sogar eine Waffe von damals benutzt. Eine P38 von Walther zum Beispiel.

Oder eine Luger P08. Die waren beide bei der Wehrmacht weit verbreitet."

„Kann man mit so alter Munition denn überhaupt noch schießen?"

„Warum nicht? Wenn man sie einigermaßen pfleglich behandelt hat. Was soll daran schlecht werden?"

„Haben Sie sonst noch irgendwas rausgefunden?"

„Im Bezug auf die Tatwaffe? Nein, bisher nicht. Wir müssen sehen, ob die beim LKA oder im Kriminaltechnischen Institut in Wiesbaden mit den Munitionsteilen mehr anfangen können."

Nachdem er aufgelegt hatte, versuchte Jörgensen, das Gehörte einzuordnen. Vielleicht verfügte der Besitzer so einer alten Pistole, ein Sammler möglicherweise, über eine Waffenbesitzkarte und hatte die Waffe dort ordnungsgemäß eintragen lassen. Dann wären die Pistole und ihr Besitzer im NWR, dem Nationalen Waffenregister, erfasst. Wenn die Waffe jedoch seit dem Krieg all die Jahre unbeachtet auf dem Dachboden oder sonst wo rumgelegen hatte, dann sah die Sache schon schlechter aus. Aber immerhin gab es eine kleine Chance, eine sehr kleine Chance, dass jemand, der mit Gilmer oder Britman in irgendeiner Beziehung stand, ganz offiziell eine solche Waffe besaß.

Ein wenig im NWR zu recherchieren, das wäre eine gute Aufgabe für die Neue, dachte Jörgensen. Sie war ihm seit seiner Rückkehr aus dem Urlaub ein paar Mal über den Weg gelaufen, aber er konnte sie überhaupt noch nicht einschätzen. Ann-Jasmin Morel hieß sie, aber mit dem rosig-blassen Gesicht und den glatten, mittelblonden Haaren, die sie zu einem Pferdeschwanz gebunden trug, hatte sie entgegen ihrem Namen wenig südländische Ausstrahlung. Sie wirkte eher wie eine erwachsen gewordene *Klein Erna*, wozu auch ihre zur Schau gestellte unbekümmerte Fröhlichkeit beitrug. Es war Zeit, sie ein wenig kennenzulernen.

Auf dem Weg zu ihr stieß er fast mit ihr zusammen.

„Ich hatte gerade einen Anruf von jemandem von der Presse." Die Stimme der Morel erinnerte ihn irgendwie an die singende Kindfrau Brenda Lee. Nur nicht ganz so verrucht. „Er ist bei mir gelandet, weil sie gerade am Telefonieren waren. Er wollte wissen, ob es sich bei dem toten Junkie vom Sonntag um den Sohn von Georg Gilmer handeln würde und ob die Mordkommission in dieser Sache ermittelt. Er hätte da einen Anruf gehabt. Jemandem hätte gewisse Andeutungen gemacht."

„Und was haben Sie geantwortet?"

„Dass ich dazu nichts Konkretes sagen könnte, weil ich persönlich mit dem Fall Gilmer bisher nicht befasst sei." Sie sah ihn mit ihren leicht hervortretenden blassblauen Augen erwartungsvoll an.

„Sie haben *was* gesagt?"

„Dass ich ... habe ich etwas Falsches gesagt?"

„Ja, Sie ... Sie ..." Im letzten Moment gelang es Jörgensen, seine Zunge im Zaum zu halten. Wenn er jetzt sagte, was er gerne gesagt hätte, dann würde das Kriminalober-rat Holm nicht gefallen. Ganz und gar nicht. Also machte er einen neuen Anlauf.

„Ja, Sie sollten solche Leute an Ihren Vorgesetzten oder, besser noch, gleich an unseren Pressesprecher verweisen."

„Ich werde beim nächsten Mal dran denken", erwiderte sie mit einem unbefangenen Lächeln.

„Sie sind sich hoffentlich bewusst, dass das nicht nur ein gut gemeinter Rat ist, sondern eine dienstliche Anweisung."

„Verstanden."

Sie wandte sich zum Gehen.

„Halt. Bleiben Sie. Ich habe einen Auftrag für Sie. Es geht um den Mord an Rik Britman. Ich habe gerade von der Kriminaltechnik den Hinweis bekommen, dass es sich bei der Tatwaffe möglicherweise um eine Pistole aus Wehrmachtsbeständen handelt. Eine Luger P08 oder eine Walther P38 zum Beispiel. Schauen Sie doch mal im Nationalen Waffenregister nach, wie viele davon hier in der Gegend registriert sind. Und wenn Sie schon dabei sind, überprüfen Sie doch einmal, ob unter den Leuten, die uns im Zuge der Ermittlungen über den Weg gelaufen sind, welche gibt, die eine Waffenbesitzkarte haben und, wenn ja, was da eingetragen ist."

„Okay, mach ich."

„Kennen Sie sich mit dem NWR aus?"

„Noch nicht."

„Dann warten Sie, bis Sattler zurück ist. Der zeigt Ihnen, wie es funktioniert."

„Alles klar." Wieder schenkte sie Jörgensen ihr sonniges Lächeln und entfernte sich dann beschwingten Schrittes.

Der Kommissar setzte sich wieder an seinen Schreibtisch. Er dachte an Tycho Frenzen. Er hätte sonst was darauf verwettet, dass der offensichtlich meinte, die Story seines Lebens nunmehr gefunden zu haben, und jetzt schon mal nach Abnehmern dafür suchte. Und er musste mehr wissen als die Polizei. Die Identität des Toten allein war noch lange keine Sensation mehr, und außerdem hatte der Kommissar *diese* Katze ja auch selbst einfach so aus dem Sack gelassen.

Auf jeden Fall war es höchste Zeit, sich noch einmal mit dem angehenden Schreiberling zu unterhalten. Vielleicht sollte er ihn sogar noch vor Gilmer besuchen. Er hatte Frenzen gestern nach seiner Anschrift gefragt. Er wohnte im Stinkviertel in der Schweffelstraße. Jörgensen spielte mit dem Gedanken, jetzt gleich zu Fuß dort hinzugehen, aber ein Blick aus dem Fenster zeigte ihm, dass ein feiner Nieselregen eingesetzt hatte. Aber bevor er sich für oder gegen einen Wagen entschieden hatte, kam Sattler herein.

„Es gibt Neuigkeiten von unserer Frau Frenzen."

„Erzählen Sie."

„Heute sind ein paar junge Leute, fünf an der Zahl, unter ihnen auch Frau Frenzen in ein Gebäude der Landesregierung eingedrungen und sie haben dort im obersten Stockwerk des Ministeriums ein Transparent an der Hauswand angebracht."

„Was stand da drauf?"

„*Aktiv werden.*"

„Und was noch?"

„Nichts weiter. Hinter dem Spruch war noch irgend so ein Symbol, aber bisher hat noch keiner rausgekriegt, was das bedeuten sollte. Es war jedenfalls nicht das von den Identitären oder dergleichen."

„Aha! Und dann?"

„Die Leute sind festgenommen worden, aber nach der Feststellung der Personalien hat man sie wieder laufen lassen."

„Wie sind sie da denn überhaupt reingekommen?"

„Die haben da im Ministerium an der Anmeldung Bildschirme stehen, wo Gäste sehen können, welches Gremium sich in welchem Sitzungssaal trifft. Drei sind zusammen gekommen und haben das studiert und dann versucht, sich da reinzumogeln. Die Frau an der Anmeldung konnte die Namen auf der Teilnehmerliste zwar nicht finden, aber die Eindringlinge haben sie derart zugetextet, dass sie sie schließlich um des lieben Friedens willen durchgelassen hat. Zwei andere haben behauptet, sie hätten einen Termin bei einer gewissen Frau Becker-

Rumann. Eine solche Frau gibt es dort tatsächlich. Also sind sie problemlos reingelassen worden."

„Und diese Frau Becker-Rumann, hat sie etwas mit der Sache zu tun?"

„Die vom Staatsschutz sind sich da noch nicht ganz sicher. Vielleicht hatten die Eindringlinge den Namen nur irgendwo aufgeschnappt, aber man kann ja nie wissen. Erst mal wird sie jetzt von den Kollegen gründlich durchleuchtet."

„Und die ... die Besetzer? Was waren das für Leute?"

Sattler zuckte die Schultern. „Zwei sind wie die Frenzen an der Uni eingeschrieben, einer an der FH und ein Mädel geht noch zur Schule."

„Und jetzt?"

„Inzwischen hat man sie, wie gesagt, wieder frei gelassen. K5 ermittelt."

Jörgensen sagte sich, dass es sicher nicht schaden konnte, im Kommissariat 5 bei den Kollegen vom Staatsschutz vorbeizuschauen. Vielleicht hätte er das schon früher machen sollen. Möglicherweise konnten sie ihm mehr über Irmentraut Frenzen erzählen. Mit viel Glück war sogar Johannes Gilmer dort bekannt. Aber erst einmal interessierte ihn, was Sattler aus den Nachbarn Rik Britmans herausbekommen hatte.

„Nichts", erklärte Sattler.

„Hat außer der Albrecht denn niemand etwas gehört?"

„Die Leute, die unter ihm wohnen, waren nicht zu Hause."

„Und in der Wohnung nebenan. Die müssen doch etwas gehört haben."

„Die waren schon im Bett. Die Wohnungen sind so geschnitten, dass zwischen ihrem Schlafzimmer und Britmans Wohnzimmer nicht nur deren Wohnzimmer, sondern auch noch ihre und seine Küche liegen."

„Na gut, da kann man nichts machen."

Als Sattler gegangen war, stand Jörgensen auf und sah aus dem Fenster auf den kleinen zugeparkten Innenhof. Er dachte an das, was er gestern Kühl erzählt hatte. Sollte er doch nicht so falschgelegen haben? War Johannes Gilmer in die Aktion der Gruppe eingeweiht gewesen, sollte vielleicht sogar an ihr teilnehmen? War er ermordet worden, weil er dann doch nicht mitmachen wollte? Weil die Gefahr bestand, er würde alles verraten? Aber war eine solche, vergleichsweise banale Sache wie das Anbringen eines Transparents wirklich Anlass genug, einen Menschen zu töten? Oder gab es noch andere Vorhaben von viel größerer Tragweite, die die Gruppe in der Pipeline hatte und von denen Johannes Gilmer gewusst hatte? Aber andererseits, machte es überhaupt noch Sinn, diese Spur weiter zu verfolgen? Jetzt, wo Britman tot war? Dazu müsste man erst einmal wissen, warum der ermordet wurde. Aber dass erst der Sohn von Georg Gilmer und zwei Tage später auch noch sein enger Mitarbeiter Rik Britman ums Leben gekommen waren, konnte nun wahrlich kein Zufall sein.

Er überlegte, wie er weiter vorgehen sollte. Er musste unbedingt noch einmal mit Georg Gilmer reden. Und mit Tycho Frenzen. Und mit Irmentraut Frenzen. Und mit jemandem vom Kommissariat 5. Die Liste wurde immer länger. Verdammt! Wenn er nicht sofort anfing, sie abzuarbeiten ... genau in dem Augenblick klingelte das Telefon.

„Rudoph", meldete sich eine weibliche Stimme. „Alinetta Rudoph."

„Ja?"

„Ich bin die Mitbewohnerin von Marit May."

Sofort war Jörgensen ganz Ohr.

„Marit ist verschwunden."

„Was soll das heißen?"

„Also, ich hatte mir heute einen Tag freigenommen. Ich wollte mich ein bisschen um sie kümmern. Und dann war ich nur mal kurz im Supermarkt und als ich zurückkam, war Marit weg. Ich habe ihre Eltern angerufen, aber die wissen auch nicht, was mit ihr ist."

Auch das noch, dachte Jörgensen.

„Vielleicht ist sie nur ausgegangen. Einkaufen oder spazieren."

„Sie hat das Haus seit Tagen nicht mehr verlassen. Sie hat eine Heidenangst. Ich weiß auch nicht, wovor. Es muss irgendwie mit Johannes zusammenhängen. Jedes

Mal, wenn es an der Tür geklingelt hat, hätte sie sich am liebsten unterm Bett oder im Schrank versteckt."

„Ist sie einfach so verschwunden, oder hat sie irgendetwas mitgenommen? Kleidung, Rucksack, Reisetasche, Handy oder was auch immer."

„Keine Ahnung. Ich habe noch nicht nachgesehen."

„Dann tun Sie das bitte. Ich bin in einer Viertelstunde bei Ihnen."

Jörgensen fluchte herzhaft. Hatte er nicht sogar damit gerechnet, dass Marit May das nächste Opfer werden könnte? Er machte sich Vorwürfe. Warum hatte er nicht jemanden abgestellt, das Haus, in dem die beiden Mädels wohnten, zu überwachen? Aber jetzt war es nicht mehr zu ändern. Die Milch war verschüttet.

Alinetta Rudolph wirkte arg nervös, als sie auf Jörgensens Klingeln hin öffnete.

Er nickte ihr kurz zu und ging dann wortlos an ihr vorbei in Marit Mays Zimmer. Alinetta Rudolph folgte ihm.

„Dann wollen wir doch mal zusammentragen, was fehlt. Sie kennen die Sachen von Frau May ein wenig, nicht wahr?"

„Na, ja, es geht so. Wir wohnen erst seit Anfang des Jahres zusammen."

„Versuchen wir es einfach mal. Beginnen wir mit dem Drumherum. Fehlt ein Rucksack? Eine Tasche? Irgendwas in der Art?"

„Ich hab mich umgesehen, aber ich glaube nicht."

„Haben Sie schon im Kleiderschrank nachgesehen? Nein? Dann tun wir das jetzt gemeinsam."

Sie durchsuchten den Schrank.

„So weit ich das sehe, fehlt ihre Lieblingsjeans. Bei den T-Shirts bin ich mir nicht sicher, aber das rote Hoodie ist auf jeden Fall weg."

„Viel ist das ja nicht. Wenn das alles ist, dann ist das das, was sie anhat. Wie steht es mit Unterwäsche?"

Alinetta Rudolph zog die Augenbrauen in die Höhe.

„Also, dazu kann ich nichts sagen."

„Schuhe?"

„Die rosa Sneaker sind nicht da."

„Wie sieht's im Badezimmer aus?"

Sie gingen zusammen hin.

„Zahnbürste und Zahncreme sind da. Die Schminksachen auch. Und die Antibabypillen. Da, sie liegen wie immer hier auf der Ablage überm Waschbecken."

Sie gingen wieder in Marit Mays Zimmer zurück.

„Und sonst hier im Raum? Fällt Ihnen etwas auf? Ist irgendwas nicht am gewohnten Ort?"

Alinetta Rudolph sah sich gründlich um. Dann erklärte sie: „Ihr Tagebuch ist weg."

„Sicher? Könnte sie es nicht woanders hingelegt haben?"

„Nein, es liegt immer hier auf dem Schreibtisch. Ich weiß es genau. Manchmal, wenn sie nicht zu Hause ist, lese ich drin."

Jörgensen sah sie überrascht an.

„Wusste Frau May, dass Sie ihr Tagebuch lesen?"

„Ich glaube, nicht. Aber wenn ihr das nicht recht gewesen wäre, hätte sie es nicht offen rumliegen lassen."

„Haben Sie zufällig gelesen, was sie nach dem Tod von Johannes Gilmer geschrieben hat?"

„Nein, seit Montag ist sie ja krank gewesen und nicht mehr aus dem Haus gegangen."

„Und davor? Was hat sie denn so über Johannes Gilmer und ihre Beziehung zu ihm geschrieben?"

„Ach, nur das Übliche. Mal war sie wahnsinnig verliebt, dann am Boden zerstört, weil sie Angst hatte, seine Eltern würden etwas dagegen haben, dass er sich mit einem einfachen Mädchen einlässt oder dass Johannes selbst irgendwann ihrer überdrüssig werden würde. Manchmal war sie deprimiert, weil zu Johannes' Clique nur Studenten gehörten und sie immer die einzige Doofe in der Runde war. Aber solche Anfälle gingen immer schnell vorbei. Meistens war sie einfach nur sauglücklich."

„Erwähnte sie in letzter Zeit auch einmal seinen Vater?"

„Ja, die beiden mochten sich nicht sonderlich. Ich meine Johannes und sein Vater. Das hat Marit irgendwie beunruhigt, aber warum eigentlich, habe ich nicht verstanden."

„Gut. Kommen wir noch mal zurück zum letzten Montag. Wieso hat sie sich denn überhaupt gleich am

Montag krank gemeldet? Wann und wie hat sie von Johannes' Tod erfahren?"

„Sie hat Sonntag Abend in irgendeinem Nachrichtenticker im Internet davon gelesen. Da stand kein Name, aber sie muss etwas geahnt haben. Warum auch immer. Montag früh hat sie dann in der Firma angerufen. Es gibt da eine Frau, die heißt Saskia, und die ist so was wie die Nachrichtenbörse in dem Laden. Die hat ihr alles erzählt."

„Hat sie eigentlich ihr Handy mitgenommen?"

„Ich glaube ja, aber sie geht nicht ran. Ich habe es versucht. Ein paar Mal schon."

„Haben Sie eine Ahnung, wo Frau May sein könnte? Wissen Sie von irgendeinem Ort, den sie als Zuflucht gewählt haben könnte?"

„Nein. Ich an ihrer Stelle wäre wahrscheinlich zu meinen Eltern. Ihre wohnen ja nicht weit von hier in Kronshagen. Aber ich hab Ihnen ja vorhin schon am Telefon gesagt, da ist sie nicht."

Jörgensen hätte zu gerne gewusst, ob Marit May allein und aus freien Stücken ihre Wohnung verlassen hatte oder nicht. Wenn ja, warum hatte sie es getan? War sie in die Angelegenheit stärker verwickelt, als angenommen? Hatte sie sich in irgendeiner Weise schuldig gemacht? Oder, anders herum, fühlte sie sich bedroht? Wie dem auch immer sein mochte, Jörgensen war sicher, dass Marit May mehr wusste, viel mehr wusste, als sie ihm gegenüber preisgegeben hatte.

Und dann war da natürlich auch noch die andere Möglichkeit, dass jemand sie gezwungen hatte, die Wohnung zu verlassen. Dafür sprach, dass scheinbar nur das Handy, das Tagebuch und die Kleider, die sie am Leib hatte, fehlten. Zwei Tote hatte es schon gegeben. Marit May durfte nicht die Dritte werden. Sie mussten Himmel und Hölle in Bewegung setzen, um sie zu finden. Oder doch zumindest alles, was der Polizei zu Gebote stand.

Als er wieder im Büro war, gab er den Startschuss zu einer Fahndung. Dank der Untersuchung des Kleiderschranks wussten sie wenigstens, was Marit May anhatte. Außerdem hatten er und Alinetta Rudolph nach langem Suchen schließlich ein Foto von ihr gefunden. Es war ein Schnappschuss, der auf einem Segelschiff gemacht worden war. Nicht ideal, aber besser als gar nichts. Schließlich existierten heutzutage Bilder fast nur noch in elektronischer Form als Jpegs oder so irgendwo auf einem Rechner.

„Sie und Johannes haben bei der Kieler Woche eine Regattabegleitfahrt gemacht", hatte Alinetta Rudolph zu dem Bild erklärt, „und Johannes hat ihr später dieses Foto geschenkt."

Nachdem die Fahndung in die Wege geleitet war, ging Jörgensen zu Adam Kaminski vom Kommissariat 5. Sie kannten sich seit vielen Jahren und auch Kaminski war in dem Alter, wo der Ruhestand nicht mehr fern war.

„Du interessierst dich neuerdings für politisch motivierte Straftaten von rechts? Bisher gab's in der Szene doch noch gar keinen Mord, oder habe ich da was nicht mitbekommen?"

Jörgensen erzählte von seinem Fall, während Kaminski interessiert zuhörte und dabei seinen Kaffee schlürfte.

„Dann weißt du ja über die Leute von heute früh mehr als ich", erwiderte Kaminski schließlich. „Zumindest über diese Frenzen. Für uns sind das bis heute unbeschriebene Blätter gewesen. In der Richtung ist sonst hier nicht viel los. Es gibt natürlich auch in unserem Beritt ein paar ewig Gestrige, typische Nazis halt. Aber diese hippen Typen im Studentenmilieu nach dem Vorbild von Sellners Identitären, die kannst du hier mit der Lupe suchen. Die paar, die es gibt, die sind uns natürlich bekannt, aber von denen war heute früh keiner dabei. In Meck-Pomm, da laufen IBler rum, aber hier? Mir tun immer die Kollegen im IM leid, die sich für den Verfassungsschutzbericht jedes Mal irgendwas aus den Fingern saugen müssen. Aber die Leutchen im Landtag wären natürlich enttäuscht, wenn so was Prominentes wie die Identitären in den Berichten fehlen würde."

Jörgensen leerte seine Kaffeetasse und bedankte sich dann im Gehen bei Kaminski.

„Denk an uns", rief der ihm hinterher, „wenn dein Fall tatsächlich ein politischer sein sollte."

Auf dem Weg zu seinem Büro sah Jörgensen auf die Uhr. Überflüssigerweise, denn sein knurrender Magen hatte ihm schon längst signalisiert, dass es Zeit für das Mittagessen war. Und warum auch nicht?, sagte er sich. Er würde noch schnell ums Eck eine Kleinigkeit essen und sich dabei überlegen, wen er anschließend als Erstes aufsuchen sollte.

7. Kapitel

Als er das Restaurant mit einer Portion Pasta mit gebratenen Lammstreifen und mediterranem Gemüse im Magen wieder verließ, hatte der Nieselregen aufgehört. Er ging zurück Richtung Blume und lächelte dabei. Er sagte sich, der kleine Spaziergang wäre doch ein guter Einstieg in die gesündere Lebensweise, die er sich verordnet hatte. Es waren allerdings kaum mehr als 100 Meter, die er zurückzulegen hatte.

Er hatte sich entschlossen, zuerst noch einmal zu Georg Gilmer zu fahren. Es gab eigentlich keinen vernünftigen Grund für die gewählte Reihenfolge. Er hatte während des Essens in sich hineingehört. Der Gedanke, zu Gilmer zu gehen, war ihm ganz besonders zuwider gewesen. Warum, wusste er nicht, aber um sich selbst zu disziplinieren, hatte er entschieden, seine Ermittlungen dort fortzusetzen.

Während er immer noch lächelnd die Legienstraße entlangspazierte, gestand er sich ein, dass er keine Ahnung hatte, was er eigentlich von Gilmer wollte. Aber ein paar Standardfragen hätte er immer parat, und der Rest würde sich aus dem Gespräch ergeben.

In der Waitzstraße angekommen stand er vor der Anmeldung, an der auch heute die unfreundlich dreinblickende Dame saß.

„Ich möchte zu Herrn Gilmer“, erklärte er.

„Haben Sie einen Termin?“

„Nein“

„Dann können Sie Herrn Gilmer auch nicht sprechen.“

Mit einer etwas theatralischen Geste hielt Jörgensen der Frau seine Dienstmarke hin und konnte an ihrem Gesicht ablesen, dass das Wort *Kriminalpolizei* die erhoffte Wirkung erzielte.

„Sind Sie bitte so freundlich und erkundigen sich bei Herrn Gilmer, ob er nicht vielleicht doch Zeit hat, sich mit mir über den Tod von Herrn Britman zu unterhalten?“

Die Frau griff zum Telefon.

„Hier ist jemand von der Kriminalpolizei wegen Britman.“

Danach passierte lange Zeit gar nichts. Die Mitarbeiterin lauschte, den Hörer am Ohr, und vermied jeden Blickkontakt mit Jörgensen. Dann signalisierte ihr Gesichtsausdruck, dass sie eine Anweisung erhalten hatte. Sie legte auf.

„Herr Gilmer wird Sie empfangen. Seine Assistentin kommt, um Sie zu seinem Büro zu bringen.“

Jörgensen dankte mit einem wortlosen Nicken.

Gilmers Sekretärin war eine junge, quecksilbrige Blondine.

„Kommissar Jörgensen?" Lächelnd zeigte sie ihre makellos weißen Zähne. „Wenn Sie mir bitte folgen wollen."

Gerade 24 Stunden war es her, erinnerte sich Jörgensen, da war er Rik Britman die leise knarrende Treppe hoch gefolgt. Als sie im Vorzimmer angekommen waren, meinte die Sekretärin:

„Gedulden Sie sich bitte noch einen Augenblick. Herr Gilmer ist gerade im Gespräch. Aber er wird gleich Zeit für Sie haben."

Sie bot ihm einen Stuhl an, aber Jörgensen blieb stehen.

„Darf ich Sie um Ihren Namen bitten?", fragte er etwas steif.

„Schmidt. Saskia Schmidt. Ich bin die Assistentin von Herrn Gilmer. Sein Vorzimmer, wie man so sagt. Aber nur so lange, wie ich im Dienst bin", fügte sie grinsend hinzu.

Es dauerte tatsächlich nicht lange, bis die Tür zu Gilmers Büro aufging. Der Mann, der heraus kam, versuchte Jörgensen im Vorbeigehen möglichst unauffällig zu mustern, und Jörgensen seinerseits hatte das Gefühl, sein Gegenüber schon einmal irgendwo gesehen zu haben. In der Zeitung vielleicht? Dann erschien Gilmer in der Tür, und er konnte nicht weiter rätseln, wieso der Mann ihm bekannt vorgekommen war.

„Kommen Sie doch bitte herein. Herr Jürgens."

„Jörgensen."

„Pardon." Gilmer sah ihn einen Moment lang mit ausdrucksloser Miene an, dann entschloss er sich, ihm zur Begrüßung die Hand entgegenzustrecken. „Was führt Sie denn heute zu mir?", fragte er schließlich.

„Der Tod Ihres persönlichen Referenten."

Verglichen mit dem modern, aber schlicht eingerichteten Raum, in dem seine Assistentin saß, legte alles in Gilmers Arbeitszimmer Zeugnis von seiner Stellung ab. Der Schreibtisch, der Stuhl dahinter und alle anderen Einrichtungsgegenstände schienen im Chor *teuer, teuer* und ihren Preis zu rufen.

„Wenn Sie bitte Platz nehmen wollen." Gilmer deutete in Richtung von drei bequemen Lederfauteuils in einer Ecke des großen Raums. Frau Schmidt wird uns gleich frischen Kaffee bringen. Oder möchten Sie lieber Tee?"

Jörgensen setzte sich, ohne auf die Frage einzugehen, und wartete schweigend, bis Gilmer auch Platz genommen hatte.

„Ich gehe davon aus, Ihnen ist bekannt, dass Rik Britman gestern Abend in seiner Wohnung erschossen wurde."

Gilmer nickte.

„Können Sie sich vorstellen, warum das geschehen ist?"

Gilmer brauchte eine Weile, bis er antwortete.

„Nun, Britman war ein Angestellter dieser Firma, das ja, aber ... vermuten Sie denn, sein Tod könnte mit seiner beruflichen Tätigkeit hier zu tun gehabt haben?"

„Ich bitte Sie, zu akzeptieren, dass ich es bin, der jetzt die Frage stellt."

Gilmer machte sofort lächelnd eine nonchalante Geste, mit der er ihn einlud, weitere Fragen zu stellen.

„Möchten Sie, dass ich meine Frage wiederhole?", erkundigte Jörgensen sich freundlich.

„Nein."

Jörgensen wartete.

„Ich kann mich durchaus an Ihre Frage erinnern. Auch mir ist alles Mögliche durch den Kopf gegangen, als ich von seinem Tod erfuhr. Sehen Sie, wir arbeiten hier mit Angehörigen von Randgruppen. Auch mit straffällig gewordenen Menschen. Diese Klientel war es ja sogar, um derentwillen unsere Organisation ursprünglich gegründet wurde."

Gilmer schwieg und musterte Jörgensen erwartungsvoll.

„Fahren Sie fort, Herr Gilmer", antwortete der ungerührt.

„Ach, nichts."

„Wie Sie meinen. Wie war Ihr Verhältnis zu Rik Britman?"

„Was wollen Sie damit andeuten?"

„Britman war doch nicht nur irgendein Mitarbeiter, sondern stand Ihnen als persönlicher Referent recht nahe. Ich meine, wie war ihr dienstliches Miteinander."

„Ach so. Natürlich. Nun, er war ein guter und zuverlässiger Mitarbeiter. Sehr motiviert. Ich war immer sehr zufrieden mit ihm."

„War er nicht noch ein wenig zu jung für so einen wichtigen Posten?"

„Nicht unbedingt. Sehen Sie, er hatte Betriebswirtschaft studiert, und er war Berufsanfänger. Da ist so ein Posten als persönlicher Referent ein idealer Einstieg. Das macht man ein paar Jahre, dann hat man raus, wie der Hase läuft, und kann sich was Besseres suchen und vielleicht irgendwann selbst mal eine Führungsposition übernehmen."

„Er war also nur so eine Art Praktikant?"

„Nein, nein, das nicht. Das ist schon ein verantwortungsvoller Posten, aber halt mit wenig … Entscheidungsspielraum. Ein persönlicher Referent ist so etwas wie der verlängerte Arm einer Führungskraft. Er muss bereit sein, dem Urteilsvermögen seiner Führungskraft unbedingt zu vertrauen und seinen Anweisungen …"

Gilmer verstummte.

„… Folge zu leisten?"

„Ja …", meinte er zögernd. „Wenn Sie es so ausdrücken wollen."

Jörgensen wunderte sich über Gilmers Erwiderung, hakte aber nicht nach.

„Wie lange war er schon hier bei Ihnen?"

„Warten Sie ... ich glaube, seit anderthalb Jahren. Ja, so ungefähr."

„Haben Sie in letzter Zeit Veränderungen in seinem Verhalten bemerkt?"

„Veränderungen?" Wieder dauerte es lange, bis Gilmer antwortete. „Schwer zu sagen. Vielleicht ... nein, eigentlich nicht."

„Besitzen Sie eine Schusswaffe?"

„Wer? Ich? Eine Schusswaffe? Was meinen Sie damit?"

„Eine Schusswaffe halt. Eine Pistole oder einen Revolver."

„Nein. Wie kommen Sie darauf, dass ich eine solche Waffe besitzen könnte?"

„Eine reine Routinefrage. Wie ich vorhin erwähnte, ist Rik Britman erschossen worden."

„Wollen Sie damit etwa andeuten, ich könnte ihn erschossen haben?", brauste Gilmer auf.

„Wie ich sagte, eine reine Routinefrage. Sie nehmen es mir hoffentlich nicht übel, wenn ich noch einmal auf den Tod Ihres Sohnes zu sprechen komme."

Gilmer presste die Lippen zusammen, sagte aber nichts.

„Nach dem Tod Britmans erscheint sein Tod in einem, sagen wir mal, neuen Licht. Erst Ihr Sohn, zwei Tage später Rik Britman. Ich frage mich natürlich, ob es da einen Zusammenhang gibt. Was sagen Sie zu meiner Überlegung?"

Gilmer zuckte die Schultern.

„Ich sehe da keinen Zusammenhang."

„Gut. Am vergangenen Donnerstag hatten Sie einen furchtbaren Streit mit Ihrem Sohn."

„Wir hatten eine Meinungsverschiedenheit. Na und? So etwas kommt vor."

„Worum ging es dabei?"

„Hat man Ihnen das nicht auch verraten?" Gilmer fixierte den Kommissar verärgert. „Wer war das überhaupt, der Ihnen von dem Streit erzählt hat? Hat Johannes seinen Freunden gegenüber damit geprahlt?"

„Warum sollte er?"

Gilmer schwieg.

„Warum sollte er das getan haben?", wiederholte Jörgensen sanft. „Erzählen Sie mir doch einfach, was der Grund Ihres Streits war."

In diesem Augenblick klingelte das Telefon. Gilmer murmelte eine Entschuldigung, ging zum Schreibtisch und nahm den Hörer ab.

„Ja, was ist denn? Habe ich Ihnen nicht deutlich genug gesagt, dass ich nicht gestört werden möchte? ... Na gut ... Gilmer, was wünschen Sie?" Gilmer hörte dem Anrufer lange Zeit zu, ohne selbst etwas zu sagen. „Kommen Sie zur Sache. Meine Zeit ist kostbar ... Ich wüsste nicht, warum ich das tun sollte." Und nach einem weiteren langen Schweigen: „Und wo? ... Gut, einverstanden."

Gilmer legte auf, zögerte einen Moment und wandte sich dann wieder dem Kommissar zu.

„Leider muss ich zu einem unvorhergesehenen Termin. Und zwar jetzt gleich. Aber ich glaube, ich habe alle wichtigen Fragen zu Ihrer Zufriedenheit beantwortet, oder? Dann darf ich mich jetzt von Ihnen verabschieden."

Gilmer komplementierte seinen Besucher hinaus und folgte ihm sofort. Draußen sagte noch ein paar Worte zu seiner Sekretärin und hielt dann im Gehen Jörgensen erneut die Tür auf. Der blieb im Flur vor einem Display stehen, als interessiere er sich für die Prospekte dort, und wartete, bis Gilmer im Treppenhaus verschwunden war. Dann machte er kehrt, klopfte an der Tür von Gilmers Vorzimmer und trat ein.

„Entschuldigen Sie, Frau Schmidt."

„Ja?" Sie sah ihn mit ihren jungen, lebhaften Augen voller Neugier an.

„Nur eine Frage ... der Anrufer eben, mit dem Herr Gilmer sprach, hat doch sicher seinen Namen genannt, nicht wahr? Erinnern Sie sich noch daran?"

Jörgensen hatte sich für diesen Frontalangriff entschieden, denn er sagte sich, dass Gilmer vermutlich ein Vorgesetzter war, vor dem die Mitarbeiter Angst hatten, aber Angst geht selten mit Loyalität einher.

Frau Schmidt zog einen Moment lang die Stirn in Falten und meinte dann: „Erst wollte er ihn ja nicht verraten, aber ... es war irgendwas mit F ... Fraatz, Franz ..."

„Frenzen?"

„Ja, genau, Frenzen. Es war die Stimme eines noch recht jungen Mannes, würde ich sagen."

„Vielen Dank. Sie haben mir sehr geholfen", sagte Jörgensen und schenkte ihr dabei sein charmantestes Lächeln.

„Keine Ursache."

„Sagen Sie, Sie kannten doch Britman recht gut, oder?"

„Eigentlich nicht."

„Aber Sie arbeiteten doch beide sehr eng mit Herrn Gilmer zusammen, lernt man sich dabei nicht näher kennen?"

„Natürlich haben wir jobmäßig miteinander zu tun gehabt, aber er war kein sehr kontaktfreudiger Mensch."

„Und das Verhältnis zu Herrn Gilmer?"

Frau Schmidt hob die Augenbrauen.

„Ich meine Britman und Herrn Gilmer."

„Ach so." Wieder grinste sie spitzbübisch. „Bis gestern hätte ich gesagt, gar nicht so schlecht."

„Ist gestern etwas vorgefallen?"

„So könnte man es nennen. Herr Gilmer ist ja immer leicht mal ein bisschen ... sagen wir *unbeherrscht*. Meistens hat der arme Britman es abbekommen, aber eigentlich kommt hier in der Firma jeder mal dran. Das gehört sozusagen zum Job dazu. Aber gestern war es echt krass. Da hat Britman mir wirklich leidgetan. Als er schließlich rauskam, ist er wortlos an mir vorbeigestürmt und danach habe ich ihn nicht mehr gesehen. Tja, und nun ist der arme Kerl tot."

Als er wieder in seinem Dienstwagen saß, rätselte er, was Tycho Frenzen mit Gilmer zu besprechen hatte. Und wie er es geschafft hatte, den offensichtlich widerstrebenden Mann, den mächtigen Sozialunternehmer zu so einem Gespräch zu bewegen. Jedenfalls machte es keinen Sinn, es jetzt in der Schweffelstraße bei Frenzen zu versuchen. Also fuhr er erst einmal zur Wohnung seiner Schwester.

Schon auf das erste Klingeln hin öffnete ihm Irmentraut Frenzen.

Anders als am Tag zuvor wirkte sie erregt, geradezu ungestüm, und das lag nicht nur daran, dass sie ihr schulterlanges Haar heute offen trug. Nein, ihr Gesicht schien zu glühen und ihre graugrünen Augen glitzerten hinter den Brillengläsern wie zwei Edelsteine.

„Oh, die Kriminalpolizei." Sie lachte. „Kommen Sie, um mich zu verhaften?"

„Nein. Meines Wissens wurde heute Morgen niemand umgebracht. Darf ich reinkommen?"

„Na klar. Sie kennen sich ja inzwischen hier aus."

Die Tür zu ihrem Arbeitszimmer stand offen, also ging er dort hinein. Der Laptop auf dem Schreibtisch war in Betrieb. Jörgensen registrierte, dass sie gerade dabei gewesen war, sich Fotos von ihrer morgendlichen Aktion anzuschauen. Da war wohl noch ein weiteres Mitglied der Gruppe gewesen, das das Anbringen des

Transparents aus der Ferne beobachtet und dokumentiert hatte.

„Hat Johannes Gilmer auch teilnehmen sollen?", fragte er mit einer Kopfbewegung in Richtung des Laptops.

„Johannes? Nein, ich habe Ihnen doch gesagt, er war noch nicht so weit."

„Kannte er die anderen, ich meine die, die heute früh dabei waren?"

„Ich glaube nicht. Aber wer weiß? Kiel ist ein Dorf, finden Sie nicht auch? Da kann man nie wissen, wer wen kennt."

„War Johannes Gilmer möglicherweise nicht Teil Ihrer Gruppe, weil er sich nicht nur für Sellner, sondern auch für Platon interessierte?"

Sie lachte.

„Ja, für so was hatte Johannes eine Schwäche. Er wollte einfach nicht begreifen, dass Platon keine Zukunft hat. Sie wissen doch, die alten Griechen waren ein Volk von Sklavenhaltern. Nicht mehr lange und die neostalinistischen Blockwarte werden Platons Bücher verbrennen. Ihre Enkelkinder, Herr Jörgensen, werden mit Namen wie Platon oder Aristoteles gar nichts mehr anfangen können." Sie sah ihn herausfordernd an. „Und hoffentlich gibt es noch genug antike Statuen, die bisher nicht entdeckt wurden, sondern irgendwo unter der Erde oder auf dem Meeresgrund schlummern. Die haben wenigsten die Chance, erhalten zu bleiben, bis eine bessere Zukunft anbricht."

„Aber Sie und Ihre Mitstreiter werden doch sicher das Schlimmste zu verhindern wissen, oder?" Jörgensen ärgerte sich sofort über seine unüberlegte Bemerkung. Er hatte überhaupt keine Lust, sich auf so eine absurde Diskussion mit Irmentraut Frenzen einzulassen.

„Ihre billige Ironie können Sie sich sparen", giftete sie zurück. „Oder kann es sein, dass Sie vielleicht doch nicht nur Jagd auf Mörder machen?" Ihre Euphorie angesichts der gelungenen Aktion heute früh war offensichtlich noch lange nicht abgeklungen.

Jörgensen hoffte, die Unterhaltung in eine andere Richtung lenken zu können, indem er seine Karten offen auf den Tisch legte. Nachdem die Presse durch Tycho Frenzen Wind davon bekommen hatte, dass Johannes Gilmer möglicherweise ermordet worden war, machte Geheimniskrämerei auch gar keinen Sinn mehr.

„Frau Frenzen, ich möchte Sie bitten diese Angelegenheit ernster zu nehmen, als es bisher scheinbar der Fall ist. Nach dem, was wir jetzt wissen, müssen wir davon ausgehen, dass Johannes Gilmer am Sonntag eines gewaltsamen Todes gestorben ist, und ..."

„Tatsächlich?", unterbrach sie ihn. „Dann hatte Tycho also doch recht."

„Was wollen Sie damit sagen?"

„Er meinte genau das gestern bei Ihnen rausgehört zu haben."

„Was Sie nicht sagen. Aber lassen Sie mich weiterreden. Nicht nur Johannes Gilmer ist ermordet worden. Vielleicht haben Sie mitbekommen, dass ein Mitarbeiter von Johannes' Vater gestern Abend erschossen wurde. Und auch das ist noch nicht alles. Seit heute früh ist die Freundin von Johannes Gilmer, Marit May, spurlos verschwunden. Wir wissen im Augenblick nicht, ob ihr etwas zugestoßen ist. Vielleicht ist sie jetzt schon nicht mehr am Leben."

„Warum kommen Sie damit zu mir? Was habe ich mit Marit zu tun? Oder mit den Leuten in Gilmers Firma?"

Jörgensen war klar, dass er so nicht weiterkam.

„Ihr Bruder, war er es der heute früh die Fotos gemacht hat?" Mit einem Blick in Richtung des Laptops verdeutlichte er seine Frage.

„Tycho?" Sie lachte wieder vergnügt. „Nein, der ist der geborene Mitläufer. Solche Leute passen nicht zu uns."

Jörgensen dachte an das Telefongespräch, das er zumindest teilweise mitgehört hatte. Sollte er die Frenzen darauf ansprechen? Nein, sagte er sich dann. Das wollte er sich für später aufheben. Es war wichtiger zu sehen, wie Tycho Frenzen reagierte, wenn er ihn überraschend damit konfrontierte. Also fragte er stattdessen ganz allgemein:

„Warum interessiert sich Ihr Bruder eigentlich für diese Angelegenheit?"

„Tut er das?"

„Sie sagten vorhin, sie beide hätten sich nach unserem Gespräch gestern ..."

„Na und? Das darf man nicht überbewerten. Er ist einfach furchtbar neugierig."

„Gut." Jörgensen war zunehmend unzufrieden mit dem Verlauf des Gesprächs. „Ich will ganz offen mit Ihnen reden. Wir halten es durchaus für möglich, dass der Tod von Johannes Gilmer mit seinen politischen Ansichten in Zusammenhang steht, und was Sie mir bisher erzählt haben, trägt nicht dazu bei, diesen Verdacht auszuräumen. Ich meine damit, um es ganz deutlich zu sagen, dass Sie, Frau Frenzen, in diesen Mordfall verwickelt sind. Haben Sie mir angesichts dessen nicht doch noch etwas mitzuteilen?"

Sie sah ihn lange schweigend an, aber Jörgensen war sofort klar, sie sann lediglich darüber nach, was sie ihm auf seine Provokation hin an den Kopf werfen könnte. Am Ende sagte sie aber einfach nur: „Nein."

Jörgensen stellte seinen Dienstwagen an der Blume ab und ging die kurze Strecke zur Schweffelstraße zu Fuß. Es war nicht weit und auf diese Weise blieb ihm das leidige Problem erspart, dort einen Parkplatz finden zu müssen. Und er hatte wieder Glück. Tycho Frenzen war zu Hause.

Er öffnete auf Jörgensens Klingeln hin und fragte überrascht und ein wenig misstrauisch: „Sie wollen mich sprechen?"

„Allerdings. Darf ich hereinkommen?"

„Sicher."

Er führte den Kommissar in sein Wohnzimmer. Aus einem Bluetooth-Lautsprecher im Design eines klassischen Gitarrenverstärkers kam laute Rockmusik. Frenzen bot seinem Besucher mit einer Handbewegung das schwarze Ledersofa an und schaltete die Musik aus. Vor sich auf dem Couchtisch sah der Kommissar eine Flasche Whisky und ein halb volles Glas stehen.

„Nun?", fragte Frenzen. Er wirkte genauso fahrig wie bei dem Gespräch am Vortag – oder sogar noch ein wenig mehr? Die grauen Augen wollten und wollten nicht stillstehen.

„Erlauben Sie mir, dass ich gleich zur Sache komme?"

„Na klar."

„Was hatten Sie heute Dringendes mit Georg Gilmer zu besprechen?"

„Mit Georg Gilmer?"

„Ja, mit Georg Gilmer."

Eine recht lange Pause trat ein.

„Wieso fragen Sie das? Ich kenne keinen Georg Gilmer. Ist der zufällig mit dem Bekannten von meiner Schwester verwandt, diesem Johannes Gilmer?"

„Ich weiß, dass Sie heute Vormittag mit Georg Gilmer telefoniert haben. Kurz nach 11 Uhr."

Frenzen deutete auf die Whiskyflasche und fragte: „Möchten Sie auch ein Glas?"

„Nein. Ich möchte von Ihnen nur eine Antwort auf meine Frage."

„Hat Gilmer behauptet, ich hätte mit ihm telefoniert?" Und nach kurzem Zögern: „Oder wird sein Telefon etwa abgehört?"

„Weder noch. Aber ich entnehme Ihrer Frage, dass Sie nicht mehr leugnen wollen, dass dieses Telefonat stattgefunden hat."

„Jetzt, wo Sie es erwähnen, erinnere ich mich da an ein Gespräch. Es war nur eine Bagatelle. Meine Schwester hatte mich gebeten, ihn anzurufen. Sie hatte Johannes etwas geliehen, etwas, was für sie sehr wertvoll war. Ich sollte seinen Vater um Rückgabe dieser Sache bitten."

„Und diese *Sache* hat Georg Gilmer Ihnen mittlerweile ausgehändigt?"

„Wie kommen Sie darauf?"

„Sie haben sich doch gleich nach dem Telefonat mit ihm getroffen."

„Ja?"

„Hören Sie endlich auf, mich zum Narren zu halten. Was hatten sie so Wichtiges zu besprechen, dass sie sich unverzüglich treffen mussten?

„Also, ich habe mit Gilmer telefoniert. Das ja. Ich gebe es zu. Aber getroffen habe ich mich nicht mit ihm."

„Gut, ich will Sie nicht weiter in Verlegenheit bringen und zwingen, mir noch mehr Unsinn zu erzählen. Wir werden schon herausbekommen, wo und warum Sie sich mit ihm getroffen haben. Dessen bin ich mir ziemlich sicher. Wechseln wir das Thema. Wie ich höre, haben Sie inzwischen die lang ersehnte große Story aufgetan und sind bereits dabei, einen Käufer dafür zu suchen.“

Frenzen beschränkte sich darauf, Jörgensen fragend anzusehen.

„Wie Ihnen bekannt ist, interessieren auch wir bei der Polizei uns für den Tod von Johannes Gilmer, und daher fragen wir uns natürlich, was *Sie*, Herr Frenzen, über seinen Tod wissen.“

„Eigentlich gar nichts. Hören Sie, ich will ganz offen mit Ihnen reden. Ich habe bei dem Gespräch gestern bei meiner Schwester mitbekommen, dass bei Johannes' Tod nicht alles mit rechten Dingen zugegangen ist. Deshalb habe ich einfach mal bei einem von den Zeitungsleuten angerufen und ganz unverbindlich nachgehakt, ob die auch schon Wind von der Sache bekommen haben.“

„Und Sie denken wirklich, dass ich Ihnen das glaube?“
„Ehrlich, so war es.“

„Hören Sie mir einmal gut zu, Herr Frenzen. Wenn sich bestätigen sollte, dass Johannes Gilmer eines gewaltsamen Todes gestorben ist, dann ist es für Anfänger wie Sie ziemlich gefährlich, die Nase in diese Angelegenheit hineinzustecken. Warum schreiben Sie nicht einfach über die Aktion der rechten Spinner von heute früh. Sie haben doch einen ganz hervorragenden Draht zu einer der Beteiligten."

Schon ein paar Mal hatte sich Tycho Frenzens Hand kurz in Richtung Whiskyglas bewegt, jetzt griff er zu und nahm einen kräftigen Schluck.

„Was halten Sie übrigens von der Aktion?"

„Meine Schwester muss wissen, was sie tut."

„Wussten Sie vorher davon?"

Frenzen schüttelte nur stumm den Kopf.

„Teilen Sie die politischen Ideen Ihrer Schwester?"

„Ich habe Ihnen schon gestern gesagt, meine politische Überzeugung ist die der Leute, die bereit sind, mich zu bezahlen." Er lachte. „Na, gut, ich gebe zu, bei den Rechten gibt es nicht viel zu holen. Da muss man schon 'ne Menge Idealismus mitbringen."

„Wissen Sie zufällig, wie weit Johannes Gilmer in die Aktivitäten Ihrer Schwester verstrickt war? Wenn er noch am Leben gewesen wäre, wäre er dann heute früh dabei gewesen?"

„Keine Ahnung. Fragen Sie Irmentraut."

Er hätte Frenzen gerne stärker unter Druck gesetzt, sagte Jörgensen sich auf dem Rückweg zur Blume, aber er hatte rein gar nichts in der Hand, um das bewerkstelligen zu können.

Als er wieder in seinem Büro saß, wusste er nicht so recht, was er nun machen sollte. Dann startete er seinen

Computer und tippte Notizen über die Ereignisse des Tages und seine diversen Gespräche hinein. Er hoffte, dabei würde ihm irgendetwas auffallen, eine zündende Idee kommen, aber das passierte nicht. Schließlich sah er auf die Uhr und überlegte, ob er nicht einfach Feierabend machen sollte. In dem Moment schaute Sattler zur Tür herein.

„Da ist eine gewisse Evita Roth draußen. Die möchte Sie sprechen. Sie sagt, es geht um Rik Britman."

„Schicken Sie sie rein."

Evita Roth mochte Anfang dreißig sein. Unscheinbar war sie, aber keineswegs schüchtern. Sie sah sich neugierig in dem nüchtern eingerichteten Büro um. Dann musterte sie Jörgensen und nahm auf seine einladende Handbewegung hin vor seinem Schreibtisch Platz.

„Ich komme wegen Rik Britman. Ich arbeite in derselben Firma wie er. Ich meine, da wo er gearbeitet hat. Saskia hat mir erzählt, Frau Schmidt wollte ich sagen, Sie wissen schon, die Sekretärin von Gilmer. Also die hat mir erzählt, dass Sie sich für den Streit zwischen Britman und Gilmer interessieren."

Jörgensen gab ein Gebrummel von sich, mit dem er die junge Frau zum Weiterreden animieren wollte.

„Na ja, heute wird in der Firma eigentlich nur über den armen Jungen geredet. Jedenfalls, solange Herr Gilmer nicht auftaucht. Er hat das nicht gerne, wenn die Leute tratschen. Er ist in diesen Dingen ein bisschen altmodisch."

„Wissen Sie denn Näheres über diesen Streit, Frau Roth?"

„Ja, natürlich. Deshalb bin ich ja hier."

„Dann erzählen Sie doch bitte."

„Es ist so, ich habe mein Büro direkt über dem von Herrn Gilmer und gestern habe ich diesen Streit zwischen ihm und Rik Britman mit anhören müssen. Ich hatte das Fenster bei mir auf, wissen Sie, und Herr Gilmer auch. Das heißt, ein Streit war es eigentlich nicht, nur Herr Gilmer hat getobt und geschrien. Ich habe nicht mal gewusst, mit wem er sich da fetzt. Verstanden habe ich allerdings kaum was, außer ein paar Allerweltsbeschimpfungen. Als es vorbei war, habe ich bei Saskia Schmidt angerufen, mit der kann ich ganz gut, und sie hat mir erzählt, dass es wieder mal der arme Rik Britman gewesen war, den es erwischt hatte."

„Es gab solche Szenen also häufiger?"

„Ja, hin und wieder. Gilmer kann ein echtes Ekel sein."

„Können Sie mir sonst noch etwas berichten?"

Sie sah ihn mit hochgezogenen Brauen an.

„Ja. Ich bin dann zu Rik gegangen. Ich wollte ihn wieder ein bisschen aufrichten. Er nahm sich solche Ausraster von Gilmer immer sehr zu Herzen. Er war ziemlich auf den Chef fixiert. Ich habe nie so richtig begriffen, warum. Es war fast so was wie ein Vater-Sohn-Verhältnis zwischen den beiden. In die eine Richtung jedenfalls. Riks Pech, dass er als persönlicher Referent nicht nur

Mädchen für alles war, sondern im Grunde genommen so was wie Gilmers Fußabtreter. Ja, und dann hat Rik mir erzählt, dass Gilmer ihn gefeuert hat. Fristlos."

„Sie haben ihn sicher nach dem Grund gefragt."

„Ja, aber er wollte damit nicht rausrücken. Er sagte nur ganz geheimnisvoll: ‚Das Schwein wird sich noch wundern.' Und dann hat er seine paar Habseligkeiten zusammengepackt und ist gegangen. Tja, so war's."

„Ich danke Ihnen, dass Sie sich die Mühe gemacht haben, zu mir zu kommen. Sie haben mir sehr geholfen."

Als Evita Roth fort war, erschien wieder Sattler.

„Der KOR will Sie sprechen, Chef."

Jörgensen unterdrückte ein Stöhnen. Was mochte der Kriminaloberrat nun schon wieder von ihm wollen?

Holm empfing ihn mit einer jovialen Freundlichkeit, die ihm signalisierte: *Sei vorsichtig!* Welche Fortschritte seine Ermittlungen in Sachen Johannes Gilmer machten, und was er denn von diesem neuerlichen Tötungsdelikt halten würde. Jörgensen gab nur zögernd Auskunft.

„Ich höre, dass Sie sich sehr intensiv um Herrn Gilmer kümmern", erklärte Holm schließlich. „Ist das wirklich erforderlich?"

Jörgensen wusste nicht, was er von dieser Bemerkung halten sollte, dann erinnerte er sich wieder an den Mann, der ihm heute im Vorzimmer von Georg Gilmer begegnet war. Was jetzt wohl kommen würde?

„Ich habe mich vorhin mit Staatsanwalt Dr. Winckel kurzgeschlossen. Unsere Einschätzung des Falls stimmt vollkommen überein. Wir müssen sehr vorsichtig vorgehen. Aber das habe ich Ihnen ja schon gestern gesagt. Es darf kein falscher Eindruck entstehen. Vor allem nicht in der Öffentlichkeit. Deshalb habe ich Sie gebeten, die Ermittlungen persönlich zu führen. Aufgrund Ihrer Stellung erwarte ich, dass Sie in der Lage sind, die Angelegenheit mit dem nötigen Fingerspitzengefühl zu behandeln. Ich will nicht sagen, Herr Gilmer hätte sich über Sie beschwert, aber, wie man mir sagte, ist er schon ein wenig irritiert wegen Ihres Vorgehens."

„Das heißt?"

„Lassen Sie Gilmer in Ruhe und suchen Sie die Täter. Liegt es nicht nahe, dass sie im Drogenmilieu zu finden sind? "

„In beiden Fällen?"

„Ja, natürlich. Oder haben Sie daran den geringsten Zweifel?"

Als Jörgensen auf seinem kurzen Heimweg den Knooper Weg überquerte und sein Ziel bereits vor Augen hatte, nahm er sich ganz fest vor, Sabrina endlich auf das Buch von Platon anzusprechen.

Er fand seine Frau in der Küche.

„Kann ich dir irgendwie helfen, Schatz?"

Sie musterte ihn kritisch.

„Mix uns mal zwei Aperol Spritz. Aber für mich mit viel Selters und nicht so viel Prosecco. Und dann setz dich hin und komm erst mal ein bisschen runter."

„Was gibts heute Schönes?"

„Erst einen sizilianischen Orangensalat mit Zwiebeln und Oliven und dann *Pollo alla messinese*."

„Und wie essen die Leute in Messina ihr Huhn?"

„Mit Thunfischsauce."

„Klingt gut. Übrigens, was ich dich schon seit gestern fragen will, kennst du die *Politeia* – oder heißt es das *Politeia*? – von Platon?"

„Ein bisschen. Was willst du wissen?"

„Was drin steht."

„Wie genau möchtest du das wissen?"

„Ein oder zwei Sätze. Geht das?"

„Du bist ein furchtbarer Banause! Eigentlich müsste ich dich dazu verdonnern, das Buch selbst durchzulesen, und zwar von der ersten bis zur letzten Seite. Aber du weißt ja, ich bin einfach zu gutmütig." Sabrina sah kurz von ihrer Arbeit auf und schenkte ihm ein Lächeln. „Also, Platon vertritt darin die Theorie, dass die ideale Staatsform nicht die Demokratie ist, wie man vielleicht vermuten würde, sondern die Diktatur der Fähigen, oder wie Platon es nannte, das Königtum der wahren Philosophen."

„Tatsächlich? Ich dachte, es waren die Griechen, die die Demokratie erfunden haben."

„Das schon. Aber auch die Tyrannis, die Alleinherrschaft, ist typisch für das alte Griechenland. Platons idealer Staat ist so eine Art Tyrannis ohne einen bösen Tyrannen. An dessen Stelle tritt der Gute, der uneingeschränkt herrschende Philosoph. Im Übrigen ist Platon mit zunehmendem Alter von den Aussagen in der *Politeia* abgerückt. In seinem Spätwerk *Nomoi* erklärt er das Gesetz zur höchsten Instanz im Staat. Ihm war wohl klar geworden, dass die Macht früher oder später auch die Besten und Edelsten korrumpiert."

Jörgensen gab nur ein neutrales Brummen von sich. Er musste zwar unwillkürlich daran denken, wie lange heutzutage manche Politiker im Amt waren, aber er sagte nichts. Mit der Politik, das war sein Grundsatz, war es wie mit dem Wetter: Man konnte endlos darüber reden, aber daran ändern konnte man rein gar nichts. Dann kehrten seine Gedanken zum Ausgangspunkt zurück, und er rätselte, warum ein derart alter und wirklichkeitsfremder Text Johannes Gilmer so fasziniert hatte. Und im nächsten Moment – es lag vielleicht daran, dass er seinen Aperitif zu schnell und auf fast leeren Magen getrunken hatte – konnte er sich ein Grinsen nicht verkneifen. Sich vorzustellen, ein Mensch wie Sabrina würde hier in diesem Land das Sagen haben. Irre, einfach irre. Diese alten Griechen waren schon komische Vögel gewesen.

„Was findest du daran lustig?" Sabrina hatte von ihrer Arbeit aufgesehen. „Oder freust du dich, dass du einer von den Wächtern über das Gesetz bist?"

„Ein Wächter? Wie meinst du das? Ich bin doch nur ein kleines Rädchen. Die, die Gesetze machen, sind die Mächtigen, ich bin nur ihr Diener."

„Hier und heute, ja. Aber im idealen Staat werden sie nicht gemacht. Sie sind da und müssen befolgt werden. So wie die zehn Gebote. Die sind auch da und bleiben da. Sollten sie jedenfalls, obwohl die Menschen auch die immer wieder gerne passend machen. Weil uns eben jene Wächter fehlen, von denen Klaatu erzählt."

„Klaatu? Ist das auch einer von diesen griechischen Philosophen gewesen?"

Sabrina lachte. „Du bist ein hoffnungsloser Fall." Dann wurde sie wieder ernst. „Nein, entschuldige. Du bist ein hoffnungsvoller Fall. Solange du dein Wächteramt nicht vergisst. Aber jetzt was ganz anderes. Katinka kommt heute zum Essen." Sabrina warf ihm einen prüfenden Blick zu. „Freust du dich?"

„Ja, natürlich, Schatz", sagte er ohne große Begeisterung. Er dachte an gestern Abend, an Katinkas Liebeskummer. Seiner Meinung nach war Liebeskummer wie Politik ein Thema, bei dem nie irgendetwas herauskam.

„Wir sollten mit ihr darüber reden", fuhr Sabrina unerbittlich fort, „ob sie ihr Jungmädchenzimmer hier immer noch braucht. Wäre das nicht schön, wenn du endlich auch ein eigenes Zimmer hättest? Bald wirst du ja nicht mehr jeden Tag zur Arbeit gehen müssen."

Jörgensen schwieg.

„Nimm doch endlich Vernunft an", stieß Sabrina heftig hervor. „Auch wenn Katinka bisher immer an die falschen Männer geraten ist, früher oder später wird sie schon einen finden, der der Richtige ist, ob dir das nun gefällt oder nicht."

„Ich möchte aber nicht, dass sie das Gefühl hat, wir würden sie rausschmeißen."

„Ach, es ist doch völlig egal, ob sie hier bei uns noch irgendwelchen Plunder herumstehen hat, den sie sowieso nicht mehr braucht. Katinka ist ausgezogen. Unser Kind ist flügge geworden. Warum begreifst du das nicht? Wie kann jemand nur so ein verdammter Dummkopf sein?" Sie sah ihn unter krauser Stirn hervor an. „Dein Pech, dass wir eine Tochter bekommen haben. Wäre es ein Sohn gewesen, wäre ich es, die jetzt leiden müsste." Sie schwieg einen Moment und betrachtete gutmütig seinen verbissenen Gesichtsausdruck. „Du musst schon mit mir vorliebnehmen. Aber ich werde dich dafür bis ans Ende aller Tage lieben."

In diesem Moment hörten sie das Geräusch der Wohnungstür. Katinka hatte sich mit ihrem Schlüssel hereingelassen.

„Hallo Mama, hallo Paps." Sie gab beiden einen flüchtigen Kuss auf die Wange. „Gott sei Dank! Ich hatte schon Angst, ich bin zu spät."

„Soll dein Vater dir auch einen Aperol Spritz machen?"

„Nein, lieber nicht. Ich bin mit dem Fahrrad hier. Besser, ich trinke was ohne Alkohol."

Jörgensen beobachtet seine Tochter, während sie das Angebot an Getränken im Kühlschrank inspizierte. Es erfüllte ihn mit einem gewissen Stolz, dass sie eher ihm als Sabrina ähnelte. Ein schmales Gesicht mit schmalen Lippen, einer geraden, schmalen Nase, kleine, lebhafte Augen, das glatte Haar dunkelblond und halblang mit einem schlichten Seitenscheitel, und wie ihr Vater wirkte auch sie wesentlich jünger, als sie in Wirklichkeit war, und ebenso zurückhaltend, ja, fast ein bisschen unscheinbar.

„Jetzt kommt doch tatsächlich auch noch die Sonne raus", rief Sabrina. „Kommt, nehmt eure Gläser, wir setzen uns noch einen Moment auf den Balkon."

Der Balkon ging zur Hofseite und lag jetzt im Licht der schon recht tief stehenden Sonne.

Jörgensen beobachtete immer noch schweigend seine Tochter und dann traf es ihn wie ein Schlag: Was, wenn es zwischen ihm und Katinka zu einem Konflikt käme, einem wie zwischen Gilmer und seinem Sohn? Ihm stieg das Blut zu Kopf bei dem Gedanken. Eine Welt würde für ihn krachend zusammenbrechen. Natürlich war das nicht zu befürchten, beruhigte er sich. Dafür war Katinka viel zu vernünftig. Und zu sehr mit ihren Beziehungsproblemen beschäftigt. Aber hatte Gilmer denn damit gerechnet, auf so heftige Weise mit seinem Sohn aneinanderzugeraten?

„Also, ihr seid heute nicht sehr gesprächig", meinte Sabrina. „Macht den Mund auf. Oder lächelt wenigstens. Ich komme mir hier langsam vor wie auf einer Beerdigung." Aber sie sah dabei nur Jörgensen an, und er wusste warum. Katinka hatte Liebeskummer, aber was mit ihm los war, das war ihr nicht klar und er konnte es ihr jetzt auch nicht erklären. Er stand auf und sagte: „Ich gehe den Tisch decken", und im Vorbeigehen berührte er sanft Sabrinas Schulter.

Donnerstag
(Der letzte Tag)

8. Kapitel

„Während du unter der Dusche warst, hat Kommissar Kühl angerufen", sagte Sabrina, als Jörgensen ins Esszimmer kam. „Er wollte wissen, wie weit deine Ermittlungen sind. Er hat heute früh in der Zeitung von dem neuesten Mordfall gelesen und aus den Andeutungen im Artikel sofort messerscharf auf einen Zusammenhang mit dem Fall Gilmer geschlossen."

„Der hat mir gerade noch gefehlt."

„Schau doch mal kurz bei ihm vorbei oder ruf ihn wenigstens an. Wer weiß, vielleicht hat er eine Idee, die dir weiterhilft."

„Muss das sein?" Was für eine sonderbare Vorstellung seine Frau auch nach über 30 Jahren Ehe immer noch von der Arbeit eines Polizeibeamten hatte! Er konnte doch nicht einen achtzigjährigen Ruheständler um seinen Rat bitten. Eigentlich hätte er ihm überhaupt nichts von dem Fall erzählen dürfen.

„Ich meine, das bist du ihm schuldig", erwiderte Sabrina unbeirrt. „Erst hast du ihm den Mund wässrig gemacht, indem du von dem Fall erzählt hast, und jetzt, wo du seinen Jagdinstinkt gekitzelt hast, will er natürlich auch wissen, wie es weitergeht."

„Wenn du meinst." Jörgensen wusste, es hatte keinen Sinn mit ihr zu streiten, schon gar nicht, bevor er gefrühstückt hatte. „Ich werde nachher kurz bei ihm vorbeischauen."

Missmutig machte er sich auf den Weg zur Blume und nahm kaum wahr, wie sehr sich das Wetter gewandelt hatte. Der Himmel war blau, und es versprach, sonnig und warm zu werden. Vielleicht würde dies sich als einer der letzten richtig heißen Sommertage entpuppen.

Jörgensen schaute kurz bei Sattler rein und fragte, ob es etwas Neues gäbe. Der schüttelte nur stumm den Kopf. Also nahm Jörgensen sich einen Dienstwagen und fuhr zu seinem alten Chef. Er ärgerte sich ein wenig über sich selbst. Warum hatte er sich vorhin auf dieses blöde Ansinnen von Sabrina eingelassen?

Während der Fahrt dachte er an gestern Abend zurück. Bei Katinka war es anders gewesen. *Sie* hatte sich kategorisch geweigert, ihr Jungmädchenzimmer aufzugeben. Sabrina und ihn hatte es verblüfft und ein wenig ratlos gemacht. Ja, auch ihn, denn er hatte sich am Ende Sabrinas Argumenten gebeugt und eingesehen, dass es albern von ihm war zu glauben, Katinka würde an diesem Zimmer hängen. Aber dann kam alles doch ganz anders. Hatte Katinka nicht sogar Tränen in den Augen gehabt, als sie am Ende des Gesprächs hastig den Raum verließ? Was waren Kinder doch für seltsame Wesen!

Später, als er im Bett lag, hatte Sabrina sich an ihn gekuschelt und ihm ins Ohr geflüstert: „Wenn sie erst einmal Leon, diesen nichtsnutzigen Jüngling, vergessen hat, wird sie auch ihr Jungmädchenzimmer nicht mehr haben wollen."

Ihr Mund kam seinem Ohr bei diesen Worten so nahe, dass er eine Gänsehaut bekam. Dann hatte Sabrina sich in ihre Einschlafstellung gewühlt und ihr Atem war ruhiger geworden, während er noch lange in der Dunkelheit wach gelegen hatte.

Kühl empfing ihn mit einem breiten Lächeln und setzte sich dann auf seinen Platz am Fenster, jenen mit dem Blick auf die Kirche und das Pastorat von Mechthild Landsbergs Gemeinde auf der anderen Straßenseite. Jörgensen nahm ihm gegenüber Platz.

„Ich sehe es Ihnen an, dass Sie noch keine heiße Spur verfolgen." Kühl beugte sich vor und betastete interessiert das Revers von Jörgensens Sakko. „Ja, ich habe es bei einem meiner Mitarbeiter immer sofort erkannt, wenn er vorankam. Vielleicht war es einfach ein Leuchten in den Augen, wer weiß. Bei Ihnen hingegen ... also, erzählen Sie, wo stecken Sie fest?"

Jörgensen erzählte Kühl vom aktuellen Stand der Ermittlungen. Als er von dem Telefonat zwischen Gilmer und Tycho Frenzen berichtete, hakte Kühl ein.

„Was vermuten Sie, junger Mann, was könnte Frenzen über Gilmer wissen? Wir dürfen davon ausgehen, es ist etwas, was für die Presse interessant und für Gilmer eher unangenehm wäre, wenn es in der Zeitung steht."

„Wahrscheinlich", meinte Jörgensen. Diese Erkenntnis Kühls war nun wirklich kein großes Kino. „Aber was mag es sein? Ich habe mal einen Film gesehen, da hat man in einem Projekt für verhaltensauffällige Jugendliche unter dem Vorwand, sie wieder auf die rechte Bahn zurückzubringen, in Wirklichkeit ihre tatsächlichen Talente genutzt und eine Einbrecherbande aus ihnen gemacht."

„Wie kommen Sie denn auf so eine absonderliche Idee?"

„Ursprünglich hat sich Gilmers Verein doch um straffällige Jugendliche gekümmert."

„Ist das nicht ein bisschen weit her geholt?"

„Ich dachte nicht an Einbrecher, aber heute kümmern sie sich auch um Drogenabhängige. Vielleicht haben sie ein Netz von Dealern aufgebaut. Das würde auch erklären, warum sie Kokain benutzt haben, um Johannes Gilmer aus dem Weg zu räumen."

„Am Ende schaffen Sie es sogar noch, Ihre Rechtsradikalen irgendwo unterzubringen", meinte Kühl mit unüberhörbarem Spott.

Kurz wallte in Jörgensen Ärger auf. Warum war er überhaupt hierher gekommen? Er hätte nicht auf Sabrina hören sollen. Er antwortete lapidar: „Es ist halt nur so eine Idee. Es kann natürlich alles Mögliche dahinterstecken." Aber sein Ärger verflog schnell wieder.

Wahrscheinlich war er nur schlecht gelaunt, weil er einfach nicht so recht wusste, wie er in diesem Fall vorankommen konnte.

„Ja, Sie haben recht", sagte Kühl, lächelte geheimnisvoll und fuhr sich wieder einmal zärtlich mit der Hand über den kahlen Schädel. „Es kann alles Mögliche sein. Nicht alles, aber alles *Mögliche*."

Als er in der Blume ankam, empfing ihn Sattler mit einer aufregenden Neuigkeit.

„Wir haben Marit May aufgespürt."

Sie war also noch am Leben. Jörgensen fiel ein Stein vom Herzen. Erst nach einer Weile dachte er daran, was das für den Fortgang ihrer Ermittlungen bedeuten konnte. Diesmal durfte er sich nicht mit Ausflüchten von ihr abspeisen lassen.

„Warum erfahre ich das erst jetzt?"

„Die Nachricht kam gerade rein."

„Und wo ist Frau May denn jetzt?"

„Auf hoher See." Sattler grinste. „Sie ist an Bord eines Segelschiffes, das heute Morgen in aller Frühe in See gestochen ist und sich jetzt auf dem Weg nach Schweden befindet."

„Soll das ein Witz sein?"

„Wenn, dann ist es nicht meiner", meinte Sattler ein wenig gekränkt. „Das Schiff, es heißt *Sankt Goustan*, ist bei der Öffnung der Hörnbrücke um 8 Uhr 40 aus dem

Germaniahafen in die Förde ausgelaufen und befindet sich jetzt nicht weit vom Leuchtfeuer Friedrichsort."

„Man muss sie sofort anweisen beizudrehen."

„Sie haben beigedreht."

„Ist die Wasserschutzpolizei alarmiert?"

„Die waren es ja, die uns informiert haben. Als man auf der *Sankt Goustan* den blinden Passagier entdeckt hat, hat man bei den Kollegen angerufen und die haben sofort geschaltet und sich eine Personenbeschreibung geben lassen."

„Gut, rufen Sie da an und bitten Sie um Amtshilfe. Die sollen mich zu diesem Kahn bringen. Die werden doch wohl ein Boot zur Verfügung haben, oder?"

Sattler verschwand, um die Wasserschutzpolizei zu kontaktieren, und tauchte nach kurzer Zeit wieder auf.

„Die wollen gerade los, die May holen. Wenn Sie sich beeilen, nehmen sie Sie auf der *Neumühlen* mit."

„Gut, sagen Sie den Leuten, ich bin in zehn Minuten da."

Die Dienststelle der Wasserschutzpolizei befand sich im Regierungsviertel am Düsternbrooker Weg, war aber von der Straße aus kaum zu sehen. Über einen schmalen Weg zwischen Landeshaus und Wirtschaftsministerium gelangte Jörgensen zu dem Backsteingebäude direkt an der Förde, das trotz seiner drei Geschosse neben der erdrückenden Masse des Wirtschaftsministeriums ein wenig verloren wirkte.

Jörgensen ging vom Parkplatz gleich um das Gebäude herum zu den Liegeplätzen der Boote. Ein Uniformierter wartete dort bereits auf ihn und reichte ihm eine dunkelblaue Schwimmweste.

„Wenn Sie die bitte anlegen wollen. Vorschrift. Außerdem wissen wir ja gar nicht, ob Ihr bei der Mordkommission überhaupt schwimmen könnt."

Der jugendliche Beamte trug keine Schwimmweste, aber ein strahlend weißes Hemd mit kurzem Arm. Erst da wurde auch Jörgensen endlich so richtig bewusst, was für ein schöner und warmer Spätsommertag heute war. Die grauen Wolken, die die Stadt seit seiner Rückkehr aus Italien belagert hatten, hatten sich tatsächlich endlich verzogen. Fast alles war heute strahlend blau, der Himmel, die Förde und auch der Rumpf der *Neumühlen*.

„Vollgas und Blaulicht?", fragte ihn der Schiffsführer. Er war wohl hoch in den Fünfzigern und hatte ein zerklüftetes Gesicht mit einer fleischigen Nase und buschigen Augenbrauen. „Nein? Schade, wir hätten Ihnen gerne gezeigt, dass man mit diesem Ding sogar fliegen kann. Hat immerhin 740 PS. Seepferdchen natürlich."

Jörgensen war nicht in Stimmung für solche Späße.

„Die *Sankt Goustan*, weiß einer von Ihnen, was das für ein Schiff ist?"

„Na klar", antwortete der Ältere. „Das ist eine ketschgetakelte Galeasse mit Gaffelsegel." Er sah Jörgensen an, und dann lachte er. „Ach? So genau wollten Sie das gar nicht wissen? Okay, es ist ein Traditionssegler, der meist im Germaniahafen liegt. Außer natürlich, wenn sie gerade Segeltörns mit Jugendlichen machen. Sie haben ja sicher auch schon mal von diesem Hokuspokus gehört. Erlebnispädagogik oder so ähnlich nennt man das, glaube ich. Teil einer Gemeinschaft sein, wo jeder auf den anderen angewiesen ist und so weiter. *Gemeinsam überleben oder gemeinsam untergehen.* Das Untergehen haben sie ihren Passagieren allerdings bisher netterweise erspart. Meist sind sie auf der Ostsee unterwegs, aber sie wagen sich auch auf die Nordsee raus und umrunden schon mal die Britischen Inseln. Den Kahn hat man vor über hundert Jahren in der Bretagne gebaut, aber er ist immer noch durchaus seetauglich."

„Was hat die Kleine, die wir einkassieren sollen, denn verbrochen?", fragte der junge Kollege. „Muss ja was Schlimmes sein, dass sich die Mordkommission für sie interessiert. Sie hat doch nicht etwa einen umgebracht?"

„Nein, wir haben nur ein paar Fragen an sie."

„Oho, die Kripo gibt sich heute wieder sehr zuge-knöpft", meinte der Ältere.

Jörgensen ärgerte es, von den beiden für einen arro-ganten Schnösel gehalten zu werden.

„Sie war mit jemandem liiert, der am Wochenende ermordet wurde."

„Am Wochenende? Hier in Kiel? Davon habe ich gar nichts mitbekommen."

„Der Student, der an einer Überdosis gestorben ist."

Der Bootsführer stieß einen leisen Pfiff aus.

„Das war kein Unglücksfall? Da hat jemand seine Finger im Spiel gehabt? So, so. Wissen Sie, wir hier sind nur ganz arme Würstchen. Wir lesen, was in der Zeitung steht. Von dem, was wirklich los ist, kriegen wir nichts mit."

Nachdem alle eine Weile geschwiegen hatten, brachte der junge Beamte die Unterhaltung auf das anstehende erste Saisonspiel des THW Kiel, und weil Jörgensen sich nicht für Handball interessierte, lief die Unterhaltung an ihm vorbei. Er war froh darüber und verließ das Führerhaus. Er wollte in Ruhe nachdenken.

Die Fahrt die Förde hinauf Richtung Ostsee war bei diesem wunderschönen Wetter wie eine Spritztour. Vom Wasser aus betrachtet war Kiel ganz reizvoll, dachte Jörgensen. Schade, dass man auch oder gerade als Kieler so selten dazu kam, die Stadt aus dieser Perspektive zu sehen. Eine Zeit lang beobachtete er fasziniert, wie die Sonnenstrahlen unzählige Male auf der bewegten Oberfläche der Förde sich spiegelnd immer und immer wieder aufblitzten.

Nicht weit von Holtenau entfernt kam ihnen ein dicker Pott entgegen, der in Richtung der Schleusen fuhr, um in den Nord-Ostsee-Kanal zu gelangen. Aber das nahm Jörgensen nur noch nebenbei wahr. Er erging sich in Mutmaßungen, was er wohl von Marit May erfahren würde. Würde es seine Ermittlungen endlich voranbringen?

Langsam näherten sie sich ihrem Ziel. Auf dem rechten Fördeufer war das Ehrenmal von Laboe schon länger zu sehen gewesen, und jetzt nahm auch das grün-weiß gestrichene Friedrichsorter Leuchtfeuer auf der anderen Seite der Förde immer mehr Gestalt an. Gleich hinter dem Leuchtfeuer lag beigedreht die *Sankt Goustan*. Die *Neumühlen* ging längsseits, und Jörgensen war froh, an Bord des Seglers zu gelangen, ohne sich dabei allzu ungeschickt anzustellen.

Etliche junge Leute lungerten an Deck herum und musterten ihn neugierig, während zwei Mädels, die spärlich bekleidet auf den Ladeluken in der Sonne lagen, sich durch nichts und niemanden stören ließen. Einer, der etwas älter war als der Rest, kam auf ihn zu und stellte sich als der Skipper vor.

„Sie wollen unseren blinden Passagier abholen. Stimmts?"

Da entdeckte Jörgensen auch schon Marit May achtern am Niedergang zur Kajüte. Sie sah verheult und todunglücklich aus. Er hätte ihr gerne gesagt, wie froh er war, sie lebend wiederzusehen, aber wie ein Vater, der seine von zu Hause ausgerissene Tochter endlich wieder hat, behielt er das erst einmal für sich.

Als sie an Bord der *Neumühlen* waren, setzte Jörgensen sich auf das breite Schanzkleid am Heck und bewegte Marit May dazu, sich neben ihn zu setzen. So konnten sie sich außer Hörweite der beiden Polizisten ungestört unterhalten. Eine Zeit lang schauten beide in den weißen Strudel, den das Boot hinter sich ließ, brodelndes Weiß in leuchtendem Blau.

Marits Nase lief, und Jörgensen gab ihr ein Päckchen Papiertaschentücher. Sie putze sich die Nase und wischte sich mit dem nächsten Tuch die feuchten Augen.

„Taschentücher habe ich vergessen, als ich gestern los bin", meinte sie mit stockender Stimme.

„Warum sind Sie denn überhaupt von zu Hause abgehauen?"

„Ich hatte so furchtbare Angst. Wegen Johannes. Ich kann es immer noch nicht fassen, dass er tot ist. Er hat doch nie Drogen genommen, und dann ist er plötzlich an Kokain krepiert. Und gestern früh war dann dieser Typ da, dieser Tycho oder wie er heißt. Er hat an der Tür Sturm geklingelt. Ich habe natürlich nicht aufgemacht, aber ich habe ihn durch den Spion gesehen. Es hat endlos gedauert, bis er endlich abgehauen ist."

„Tycho Frenzen?"

„Schon möglich. Ich weiß nur seinen Vornamen."

„Woher kannten Sie ihn denn?"

„Na, er war doch der Bruder von Irmentraut."

„Ja, natürlich. Und dann?"

„Als er endlich weg war, war ich total die Panik. Vielleicht hat er irgendwas mit Johannes' Tod zu tun, dachte ich. Wäre doch möglich, oder?" Sie sah Jörgensen mit ihren geröteten Augen fast beschwörend an. „Ich hatte Angst, dass er zurückkommt. Also bin ich getürmt."

„Aber wieso gleich nach Schweden?"

„Da wollte ich doch gar nicht hin."

„Sondern?"

„Ich hatte überhaupt keinen Plan. Ich hatte einfach nur Angst und wollte weg. Irgendwohin." Marit berichtete stockend. Immer wieder versagte ihr die Stimme, immer wieder schwieg sie eine Weile, aber Jörgensen ließ ihr die Zeit, die sie brauchte, um ihre Geschichte zu erzählen. „Und dann dachte ich an dieses Schiff. Damit hatten Johannes und ich mal während der Kieler Woche eine Regattabegleitfahrt gemacht. Damals waren wir noch nicht lange zusammen, und Johannes dachte, er macht mir damit eine Freude.

Ich verstecke mich für eine Weile auf der *Sankt Goustan*. Das ist doch ein cooler Einfall, dachte ich gestern. Da vermutet mich bestimmt niemand. Also bin ich zum Germaniahafen, und tatsächlich, da lag das Schiff. Ich habe gewartet, bis es dunkel war, und dann bin ich an Bord. Ich hatte Glück, der Niedergang vorne war nicht verschlossen, also bin ich rein. Mit der Taschenlampe von meinem Handy habe ich mich unter Deck umgeguckt und bin schließlich in die Kombüse. Ich hatte ziemlichen Hunger. Ich hatte ja auch nichts zu essen dabei. Ich habe ein paar Scheiben trockenes Brot gefunden und es mit Wasser runtergespült. Dann habe ich mich vorne in eine der Kojen gelegt.

Na ja, und heute Morgen wurde ich von dem Krach der Leute wach. Ich habe mich mucksmäuschenstill verhalten. Ich dachte, dass die sich vielleicht wieder verziehen, aber dann habe ich gemerkt, dass das Schiff abgelegt hat. Ich wusste nicht, was ich machen sollte, also bin ich einfach in meiner Koje geblieben und habe gehofft, dass der Spuk irgendwann vorbeigeht. Hätte ja sein können, dass sie nur mal ein kleines bisschen auf der Förde rumschippern wollen. Hätte ich gewusst, dass sie nach Schweden unterwegs waren, wäre ich vielleicht über Bord gesprungen. Aber ich hatte ja keine Ahnung. Also bin ich geblieben, wo ich war. Vielleicht finden sie mich erst abends, wenn sie sich zur Nacht in ihre Kojen verkriechen wollen. Aber dann haben sie mich doch ziemlich schnell entdeckt. So was Blödes."

Dann sagte sie lange Zeit nichts mehr. Er sah zu ihr hin und merkte, dass sie kurz davor war, wieder zu weinen.

„Nicht doch, Frau May. Sie sind ja jetzt in Sicherheit und alles wird gut werden. Aber Sie müssen mir endlich die Wahrheit erzählen. Die ganze Wahrheit."

Sie sah ihn mit ihren großen blauen Augen an.

„Gut. Ich verspreche es Ihnen."

Jörgensen sortierte seine Gedanken.

„Erzählen Sie mir von Tycho Frenzen. Kannten Sie ihn schon länger? Wo und wie haben Sie ihn kennengelernt?"

„Das weiß ich gar nicht so genau. Seine Schwester, ich meine die von diesem Tycho, die kannte Johannes schon länger. Und irgendwann war der Bruder auch mal da. Ich habe Johannes gleich gesagt, er soll sich vor

Tycho in Acht nehmen. Der ist nicht gut, habe ich zu ihm gesagt. Aber Johannes wollte nicht hören."

„Und was ist dann passiert?"

„Letzte Woche war es, da haben die beiden irgendwas ausgeheckt. Wir waren in dieser Kneipe in der Lutherstraße, sie wissen schon, wo es immer so tolle Livemusik gibt. Da haben wir Tycho getroffen. Irmentraut war nicht da, aber Johannes und Tycho haben nach der Musik ziemlich lange zusammen gehockt. Irgendwie hatten sie viel zu bequatschen. Ich habe mich ziemlich gelangweilt und auch ein bisschen geärgert. Eigentlich hatte ich die Nacht bei Johannes bleiben wollen, aber ich habe ihm dann gesagt, dass er mich nach Hause bringen soll." Marit May versagte für einen Moment die Stimme, aber dann stieß sie hervor: „Es wäre das letzte Mal gewesen, bevor ... bevor ..." Dann konnte sie nicht mehr weiterreden und weinte nur noch hemmungslos.

Mehr war aus Marit May vorerst nicht herauszuholen. Als das Boot wieder am Steg vor der Wache der Wasserschutzpolizei festgemacht hatte, brachte Jörgensens sie zu seinem Wagen. Während sie auf dem Düsternbrooker Weg Richtung Innenstadt fuhren, brach es plötzlich aus Marit May hervor:

„Wäre ich nicht gewesen, wäre Johannes immer noch am Leben. Es ist alles meine Schuld. Ich hätte ihm nichts erzählen dürfen."

„Was hätten Sie ihm nicht erzählen dürfen?"

„Er hatte einfach so einen Hass auf seinen Vater. Er wollte ihm unbedingt irgendwie schaden. Und Tycho wollte ihm dabei helfen. Davon bin ich überzeugt."

„Was haben Sie Johannes erzählt?"

„Es ist meine Schuld, ganz allein meine Schuld. Ich bin schuld, dass Johannes tot ist."

Jörgensen befürchtete, sie würde völlig hysterisch werden. Gleichzeitig erahnte er die Zusammenhänge. Über die Freisprechanlage rief er Sattler an.

„Schaffen Sie mir diesen Idioten, diesen Tycho Frenzen ran und zwar so schnell wie möglich. Sie wissen, wo er wohnt. Wenn er nicht zu Hause ist, sehen Sie sich bei seiner Schwester um. Und sobald Sie ihn haben, bringen Sie ihn zur Blume. Ich glaube nicht, dass Sie ihn festnehmen müssen. Er wird klug genug sein, freiwillig mitzukommen."

„Okay, ich mache mich sofort auf den Weg. Wo sind Sie jetzt, Chef?"

„Auf dem Weg zur Blume. In zehn Minuten bin ich da. Ich habe Frau May bei mir."

„Alles klar."

Als er ankam, ließ Jörgensen die kleine Marit in der Obhut von der Neuen.

„Versuchen Sie sie irgendwie zu beruhigen. Es ist wichtig, dass ich mich nachher vernünftig mit ihr unterhalten kann."

„Ich kümmere mich um sie."

Ann-Jasmin Morel lächelte die junge Frau freundlich an.

Kaum war Jörgensen wieder in seinem Büro, klingelte das Telefon.

„Da ist jemand, der Sie dringend sprechen will, Kommissar", meldete sich eine Mitarbeiterin aus der Zentrale. „Es geht um den Fall Britman, sagt sie."

„Gut, ich nehme das Gespräch an."

Die Anruferin meldete sich mit Ellen Britman.

„Entschuldigen Sie, Frau Britman", sagte Jörgensen. „Sind Sie mit dem verstorbenen Rik Britman verwandt?"

„Ich bin eine Cousine von ihm."

„Ah, ja. Was kann ich für Sie tun?"

„Wie soll ich das erklären." Sie zögerte einen Moment. „Ich habe die ganze Nacht nicht schlafen können. Dass jemand Rik erschossen hat ... und als ich dann heute früh die Zeitung aufgeschlagen habe ... nein, entschuldigen Sie. Ich wollte anders anfangen. Ich bin so furchtbar aufgeregt. Ich hatte mir genau zurechtgelegt, was ich Ihnen erzählen will, aber jetzt ist alles weg."

„Atmen Sie tief durch, Frau Britman, und dann fangen Sie noch mal an."

„Danke. Also, was ich sagen wollte, es war so: Vorgestern am Dienstag war Rik bei mir. Er war völlig durch'n Wind. So habe ich ihn noch nie erlebt. ‚Was um Himmels Willen ist denn mit dir los?', habe ich ihn gefragt aber er hat mir nur sehr ausweichend geantwortet. Dann hat er mir einen Brief gegeben und gesagt, falls ihm etwas zustoßen sollte, dann soll ich diesen Brief abschicken. Ich wusste gar nicht, was ich davon halten sollte. Das klingt alles wie aus einem billigen Kriminalroman, meinen Sie nicht auch? Aber wenn Sie mitbekommen hätten, in welchem Zustand er war …"

„An wen war der Brief adressiert?"

„An eine Pastorin namens Landsberg. Hier in Kiel."

„Im Niemannsweg?"

„Nein, es war an eine Kirchengemeinde adressiert."

„Was haben Sie mit dem Brief gemacht?"

„Als ich gestern erfuhr, dass … ich wusste nicht mehr ein noch aus. Ich hätte den Brief der Polizei geben sollen, nicht wahr? Aber ich dachte, ich müsste … es war ja sozusagen Riks letzter Wunsch."

„Sie haben den Brief abgeschickt?"

„Ja, gestern. Aber ich konnte hinterher keinen Frieden finden. Ich habe die ganze Nacht nicht geschlafen. Das habe ich bereits gesagt, oder? Aber jetzt habe ich Ihnen ja, Gott sei Dank, alles erzählt."

Jörgensen hörte, wie Ellen Britman erleichtert aufatmete.

„Ich danke Ihnen jedenfalls sehr, dass Sie uns informiert haben. Darf ich Ihnen bei dieser Gelegenheit noch ein paar Fragen stellen?"

„Natürlich. Fragen Sie. Wenn ich Ihnen irgendwie …"

„Wie gut kannten Sie Ihren Cousin?"

„Ich weiß nicht. Wie meinen Sie das?"

„Sahen sie sich häufiger?"

„Hin und wieder."

„Hat er manchmal von seiner Arbeit gesprochen?"

„Nicht viel."

„Hat er gerne dort gearbeitet."

„Doch, ich glaube schon. Er fand seinen Chef toll. Er hat ihn irgendwie bewundert. Und er war ein wenig stolz, dass sein Chef ihm vertraute. Jedenfalls hatte er das Gefühl. Der arme Kerl."

„Wie meinen Sie das, Frau Britman?"

„Ach, nichts."

„Erzählen Sie."

„Ja, wissen Sie, Rik war ein Scheidungskind. Er ist bei der Mutter groß geworden, und ich hatte manchmal das Gefühl, dass sein Chef so etwas wie ein Vaterersatz für ihn war. Er hat ihn ohne Ende bewundert, und er hätte für ihn alles getan. Und er hatte ja auch ein wenig Grund dazu."

„Nämlich?"

„Rik war immer ein bisschen ... wie soll ich sagen ... labil. Das Studium und all die Prüfungen, das hat ihn ziemlich gestresst. Erst hat er sich mit Tabletten über Wasser gehalten, dann mit härteren Sachen."

„Er hat Drogen genommen?"

„Ja. Und irgendwann ist er erwischt worden. Das war aber erst nach der Prüfung. Er hat einen Entzug gemacht. Aber, Sie wissen schon, hinterher hatte er Schwierigkeiten, wieder ins normale Leben zurückzufinden. Ich meine, jobmäßig. Und dann hat dieser Gilmer ihm eine Chance gegeben. Dafür war Rik ihm natürlich dankbar ohne Ende."

„Ich verstehe."

Viel mehr konnte er aus Ellen Britman nicht herausbekommen, und so bedankte er sich schließlich bei ihr für ihren Anruf und beendete das Gespräch. Er nahm den Hörer jedoch sofort wieder auf und suchte sich im Internet die Nummer des Büros von Mechthild Landsbergs Gemeinde.

„Guten Tag. Jörgensen. Kriminalpolizei. Ich hätte gerne Frau Landsberg gesprochen."

„Oh, das tut mir furchtbar leid. Frau Landsberg ist nicht mehr hier. Wahrscheinlich erreichen Sie sie zu Hause. Es ist schon fast eine Stunde her, dass sie weg ist."

„Hat sie heute früh ihre Post durchgesehen?"

„Ja, natürlich."

„War ein Brief dabei von jemandem namens Britman?"

„Ich glaube, ja ... ja, ich erinnere mich. Ich habe zufällig auf den Absender geschaut. Handschriftlich adressierte Briefe haben wir nicht so oft in der Post."

„Ist er geöffnet worden?"

„Also von mir selbstverständlich nicht."

„Und Frau Landsberg, hat sie ihn gelesen?"

„Das kann ich Ihnen nicht sagen. Möglicherweise hat sie ihn auch einfach so mitgenommen. Er wirkte ja auch eher privat, und Frau Landsberg war ein wenig in Eile. Wie immer."

Jörgensen bedankte sich und legte auf. Er suchte auf seinem Schreibtisch nach der Telefonnummer der Gilmers, aber bevor er sie fand, klopfte es und Sattler steckte seinen Kopf herein.

9. Kapitel

„Tycho Frenzen ist da."

Jörgensen wunderte sich, dass Sattler schon wieder zurück war, aber Frenzen wohnte ja quasi nur um die Ecke.

„Er ist freiwillig mitgekommen?"

„Nicht wirklich. Aber ich habe ihm gesagt, wenn er nicht scharf darauf ist, eine Reportage über das Leben im Knast zu schreiben, dann sollte er keine Mätzchen machen und mitkommen."

„Haben Sie ihm von Frau May erzählt, ich meine ..."

„Nein."

„Gut. Bringen Sie ihn rein. Nein, warten Sie. Ich muss vorher noch jemanden anrufen."

Wie aus dem Nichts war jene Idee wieder aufgetaucht, die Jörgensen vor zwei Tagen gekommen und dann im Trubel wieder verloren gegangen war.

Er suchte die Telefonnummer von Apollonia Sommer heraus und erreichte sie auch tatsächlich.

„Frau Sommer, Sie haben uns mit Ihrer Personenbeschreibung von Marit May sehr geholfen. Vielleicht

gelingt es Ihnen noch einmal, unsere Ermittlungen vor-
anzubringen."

„Gerne. Was kann ich tun?"

„Sie erzählten mir doch, dass Sie am Sonntag in das
Haus, wo Johannes Gilmer wohnte, rein kamen, weil
jemand gerade das Haus verließ."

„Stimmt."

„Können Sie uns diese Person beschreiben?"

„Na ja, so ungefähr, also ..."

„Halt Stopp! Nicht so schnell. Ich rufe erst mal den
Beamten herein, der die Bewohner im Haus befragt hat,
und stelle auf Lautsprecher, damit er ihre Beschreibung
hören kann."

„Okay."

Jörgensen rief Sattlers Namen so laut, dass dieser es
trotz der geschlossenen Tür hören konnte und sofort
hereingestürmt kam.

„Frau Sommer erzählt uns jetzt, wie der Mann ausgesehen hat, dem sie begegnet ist, als sie auf dem Weg zu
Johannes Gilmer war. Vielleicht war es einfach nur einer
der Hausbewohner, aber vielleicht auch nicht. – Jetzt
sind Sie dran, Frau Sommer."

Sie beschrieb den Mann, aber Sattler schüttelte den
Kopf. Jörgensen bedankte sich bei Apollonia Sommer
und bat sie, ihn anzurufen, falls ihr noch weitere Einzelheiten einfallen würden. Nachdem er das Gespräch
beendet hatte, meinte Sattler:

„Die Beschreibung passt auf keinen, den ich dort gesprochen habe."

„Dann ist es möglicherweise unser Mann."

„Wissen Sie, ich habe ihn ja nur tot gesehen, aber finden Sie nicht auch, dass es der Beschreibung nach Britman gewesen sein könnte?"

Jörgensen schlug mit der flachen Hand auf den Schreibtisch.

„Sie haben recht. Verdammt! Da hätte ich auch drauf kommen können."

„Was meinen Sie, wollen Sie sie nicht noch mal anrufen und fragen, ob der Mann etwas bei sich hatte? Vielleicht war er es, der Gilmers Laptop mitgenommen hat. Und dann ist er umgebracht worden, weil jemand ihm den wieder abjagen wollte."

Jörgensen winkte ungeduldig ab.

„Als Frau Sommer den Toten fand, stand der Laptop doch noch auf dem Schreibtisch."

„Stimmt, Sie haben recht. Tut mir leid."

„Schon gut. Sie fahren jetzt jedenfalls erst mal mit einem Foto von Britman zu Frau Sommer. Wir müssen wissen, ob er wirklich der war, dem sie dort begegnet ist."

Wenn sich das bewahrheitete, dann sprach einiges dafür, dass Britman der Mörder war. Die Sache mit dem betriebsbereiten Laptop legte das nahe. Oder hatte er nur den Toten gefunden und war dann abgehauen? Andererseits, wenn er den jungen Gilmer umgebracht hatte, wer hatte dann *ihn* getötet? Und warum? Auf jeden Fall konnten sie nicht mehr ausschließen, dass sie es nicht mit *einem* sondern mit *zwei* Mördern zu tun hatten.

Jörgensen hätte gerne noch ein wenig länger in Ruhe nachgedacht, aber dann fiel ihm Tycho Frenzen ein, der draußen wartete.

Der sah den Kommissar mit herausforderndem Grinsen an, als er hereinkam, aber Jörgensen durchschaute diese Pose.

„Sie wollten mich ganz dringend sprechen?"

„Setzen Sie sich, Herr Frenzen."

„Nun?"

„So, Herr Frenzen, Sie haben mir doch sicher eine Menge zu erzählen. Und versuchen Sie nicht, mir irgendwelche Märchen aufzutischen."

„Das würde ich doch nie tun. So was machen wir Journalisten doch nicht." Er grinste wieder. „Was wollen Sie denn wissen?"

„Alles. Beginnen wir bei Johannes Gilmer. Wie haben Sie ihn kennengelernt?"

„Durch meine Schwester natürlich. Die beiden hingen oft zusammen und vergossen heiße Tränen über den Untergang des christlichen Abendlandes."

„Aber Ihr Thema war das ja nicht."

„Nein."

„Aber Sie haben ja bald ein anderes Thema gefunden, eines, das Sie und den junge Gilmer brennend interessierte. Wie sind Sie auf die Idee gekommen, dass Gilmers Firma Stoff für eine knackige Enthüllungsstory liefern könnte? Und wer war das? Sie oder der junge Gilmer?"

Frenzen zögerte einen Moment.

„Er war es. Er hatte von Irmentraut erfahren, was ich mache, und das hat ihn auf die Idee gebracht. Ich hatte ja auch gar kein Insiderwissen über die Sozialmafia. Natürlich hört man immer mal wieder so dies und das. Von Leuten, die Obdachlose betreuen und dabei mit teuren italienischen Sportwagen unterwegs sind, die sie als Dienstwagen deklarieren." Frenzen lachte. „Ich habe gedacht, das wären Ausnahmen. Johannes war da näher dran. Der wusste Bescheid."

„Außerdem hatte er auch noch die kleine Marit. Die saß ja an der Quelle."

„Marit? Ist das nicht die ... war das nicht die Freundin von Johannes?", fragte Frenzen arglos.

„Was wollten Sie gestern bei ihr?"

„Wer hat behauptet, ich wäre bei ihr gewesen?"

„Frau May."

„Ach. Ist das kleine Luder doch da gewesen?"

„Beantworten Sie meine Frage. Was wollten Sie bei ihr?"

„Na ja. Ich wusste nicht so genau, wie Johannes an seine Informationen gekommen ist. Aber als Sie mit meiner Schwester redeten und Irmentraut sagte, die Marit würde beim alten Gilmer arbeiten, da war mir natürlich sofort alles klar. Das musste seine Informantin gewesen sein."

„Und dann, nur so am Rande, haben Sie bei der Firma angerufen, sich als Kommissar Jörgensen ausgegeben und nach Marit May gefragt. Stimmt's?"

„Was sollte ich machen? Johannes war als Quelle versiegt." Er sagte es ohne große Rührung. „Also musste ich diese Marit kriegen. Ich hatte sie dann und wann mit ihm zusammen gesehen, aber ich wusste ansonsten absolut nichts über sie, und meine Schwester konnte mir auch nicht weiterhelfen. Also habe ich da angerufen. Ich dachte, wenn jemand von der Polizei fragt, rücken die Leute am ehesten mit Informationen raus."

„Und da Sie meinen Namen nun mal kannten ..."

„So ungefähr."

„Und dann?"

„Ich habe wohl ein bisschen länger gebraucht als Sie, um sie zu finden. Zu lange. Als ich die Adresse endlich hatte, war der Vogel ausgeflogen. Dachte ich zumindest."

Jörgensen verzichtete darauf, ihm zu verraten, dass er selbst es gewesen war, der Marit May dazu getrieben hatte, ihre Wohnung fluchtartig zu verlassen.

„Was genau wollten Sie denn von Frau May?"

„Was hat Marit Ihnen denn erzählt?"

„Nun hören Sie doch endlich auf. Lassen Sie sich doch nicht alles aus der Nase ziehen."

„Okay, ich stand halt mit leeren Händen da. Johannes hatte mir eine Story versprochen, aber noch nichts Konkretes verraten."

„Und dann dachten Sie, Marit May könnte Ihnen weiterhelfen."

„Genau."

„Aber sie war weg, unerreichbar, und Johannes Gilmer tot. Also haben Sie sich direkt an den alten Gilmer herangemacht."

„Ich hab mir gedacht, ich versuche ihn zu bluffen. Dass er nicht sauber war und was zu verbergen hatte, das zumindest wusste ich von Johannes. Und ich hatte irgendwie so eine Ahnung, dass es eine richtig große Sache sein musste. Als ich hörte, dass man Britman erschossen hatte, habe ich nämlich einfach eins und eins zusammen gezählt."

„Was haben Sie sich denn gedacht?"

„Nichts Konkretes. Nur dass diese zwei Toten kein Zufall sein konnten."

„Aber Sie wussten doch gar nicht, wie Johannes Gilmer gestorben war."

„Na, wenn sich ein Kommissar von der Kripo für ihn interessiert ..."

„Kommen Sie zurück zu Georg Gilmer. Sie haben ihn in seiner Firma angerufen und sich mit ihm verabredet."

„Ich habe ihm gesagt, dass ich ihn dringend sprechen müsste, weil mir seine Mitarbeiterin Marit May gewisse Dinge erzählt hätte."

„Das haben Sie nicht wirklich getan?"

„Doch, es musste doch irgendwie glaubwürdig klingen."

„Soll ich Ihnen sagen, was ich von Ihnen halte?"

Frenzen zuckte die Schultern. „Für mich war es wichtig, an meine Story zu kommen."

„Und dafür waren Sie sogar bereit, Frau May in Gefahr zu bringen?"

„Wenn Journalisten immer zimperlich wären, kämen ja nie irgendwelche Schweinereien ans Tageslicht."

„Also, Sie haben sich dann mit Gilmer getroffen."

„Ja. Aber es lief nicht so, wie ich gehofft hatte. Ich wusste ja so gut wie nichts. Johannes hatte mir keine Details verraten, und an seine Quelle, diese Marit, bin ich ja nicht rangekommen. Ich habe Gilmer gegenüber ein paar dunkle Andeutungen gemacht. Aber das ist verdammt schwierig, wenn man gar nichts in der Hand hat. Ich hab's halt versucht. Was blieb mir anderes übrig? Ich hatte gehofft, dass er sich vielleicht irgendwie verplappert, aber das ist ein ganz gerissener Kerl. Er hat auch nicht das kleinste bisschen preisgegeben, und er hat schnell gemerkt, dass ich Null Ahnung habe. Und es hat diesem Schwein eine Menge Spaß gemacht, mir das unter die Nase zu reiben."

Der kann von Glück sagen, dass Gilmer ihn durchschaut hat, dachte Jörgensen. Sonst wären er jetzt möglicherweise auch mausetot. Aber er sagte nichts.

Frenzen war überrascht, als der Kommissar ihm erklärte, er könne gehen, und er machte sich dann mit einem Achselzucken davon. Jörgensen wollte jetzt einfach in Ruhe nachdenken. Aber da klingelte schon wieder das Telefon. Kühl war am anderen Ende der Leitung. Der schon wieder! Konnte dieser Mensch nicht einfach in seinem Sessel sitzen und aus dem Fenster gucken und ihn in Frieden seine Arbeit machen lassen?

„Na, junger Mann, ich wette, Sie sind mit Ihren Ermittlungen noch keinen Schritt weitergekommen. Habe ich recht?"

Jörgensen beschränkte sich darauf, ein wenig vor sich hin zu brummen.

„Aber ich erzähle Ihnen jetzt was, das Ihnen auf die Sprünge hilft." Kühl kicherte vergnügt. „Also hier in dieser Seniorenverwahranstalt wohnt auch jemand ... Ist Ihnen übrigens schon mal aufgefallen, dass die Menschen in so einem Haus eine Art Querschnitt durch die Bevölkerung darstellen? So richtig repräsentativ. Nur das wir nichts mehr zu sagen haben und auch nichts mehr zu tun haben, außer auf den Tod zu warten ... Was wollte ich sagen? Ach, ja. Mein Nachbar ... Ich nenne ihn der Einfachheit halber so, obwohl er nicht neben mir wohnt, sondern im Stockwerk unter mir. Aber wie soll ich ihn sonst nennen? Mitbewohner? Das klingt, als wären wir hier so eine Art Wohngemeinschaft, lauter linke Kommunarden womöglich sogar!" Wieder kicherte Kühl. „Wo war ich stehen geblieben? Ach ja, dieser Nachbar von mir bekleidete vor nicht allzu langer Zeit einen gut bezahlten Posten bei einer großen Wohlfahrtsorganisation. Ich sage nicht welche. Mit dem habe ich mich unterhalten." Er machte eine Kunstpause. „Und jetzt, junger Mann, erzähle ich Ihnen, was ich herausbekommen habe. Sie werden staunen." Vor seinem geistigen Auge sah Jörgensen Kühls Mund mit dem kräftigen Gebiss zu einem Grinsen verzogen. „Also, zuerst einmal munkelt man in der Branche, dass Gilmer sich mit manchen seiner Projekte finanziell übernommen hat. Zum Beispiel mit der Geschäftsstelle in der Waitzstraße. Aber nicht nur mit der, ganz am Rande gesagt. Jedenfalls hat allein dieser Umbau unbestreitbar einen Haufen Geld verschlungen. Vielleicht zu viel. Vielleicht ist er ein bisschen größenwahnsinnig geworden. Und um die fehlenden Euro wieder hereinzubekommen, musste er weder eine Einbrecherbande noch einen Drogenring aufbauen. Es gibt da elegantere Methoden. Sie können mir immer noch folgen, oder?"

Jörgensen brummte noch einmal.

„Er, den ich meinen Nachbarn nenne, obwohl er gar nicht mein Nachbar ist, also der weiß Bescheid. Er hat mir allerdings versichert, dass er zwar alle Tricks kennt, aber nie in der Verlegenheit war, sich ihrer bedienen zu müssen, aber wer weiß? Er meint, die einfachste Variante ist der Abrechnungsbetrug. Und das geht folgendermaßen." Gebannt lauschte Jörgensen seinem alten

Chef. Wie leicht es in dieser Branche zu sein schien, auf illegale Weise an Geld zu kommen.

„Aber", erklärte Kühl schließlich, „die Sache ist nicht ganz ungefährlich. Es gibt Mitwisser. Leute in der Personalverwaltung und in der Buchhaltung."

Jörgensen erinnerte sich an das, was Sattler berichtet hatte, als er sich in Gilmers Firma nach Marit May erkundigt hatte: Keinerlei Auskünfte zu Mitarbeitern. Anweisung von ganz oben.

Kühls Informationen passten in das Bild, das er sich inzwischen von dem Fall machte, sagte sich Jörgensen, nachdem er aufgelegt hatte. Und zwar verdammt gut. Es sei denn ... Wieder klingelte das Telefon. Es war Carlotta Gilmer.

„Die Polizei muss sofort etwas unternehmen", sprudelte es aus ihr heraus. „Meine Mutter ist verschwunden. Und mein Vater auch. Es ist furchtbar." Sie war offensichtlich den Tränen nahe.

Jörgensen redete beruhigend auf sie ein und fragte dann: „Erzählen Sie, was ist los?"

„Ich habe einen Brief gefunden. Im Wohnzimmer auf dem Tisch lag er." Sie konnte nicht mehr weitersprechen. Jörgensen hörte sie hysterisch schluchzen.

„Frau Gilmer. Ich möchte Ihnen doch helfen. Aber Sie müssen mir erzählen, was ist das für ein Brief? Haben Sie ihn gelesen? Was steht drin?"

„Dass er Johannes getötet hat", brach es aus Carlotta hervor.

„Wer?"

„Britman."

„Britman? An wen ist der Brief?"

„An meine Mutter."

„Er ist an das Gemeindebüro adressiert, oder?"

„Ja. Aber ... woher wissen Sie das?"

Jörgensen ging nicht auf ihre Frage ein.

„Wo ist Ihre Mutter?"

„Ich weiß nicht. Ich dachte, hier, zu Hause, aber sie ist nicht in ihrem Arbeitszimmer, und ich kann sie auch sonst nirgendwo finden."

„Sie war heute Morgen im Gemeindebüro, nicht wahr? Haben Sie sie gesehen nach ihrer Rückkehr?"

„Ja, aber nur ganz kurz."

„Und Ihr Vater? Was ist mit dem?"

„Der ist auch nicht mehr da. Er hätte eigentlich wie jeden Morgen ins Büro gehen müssen, aber heute früh ... Er ist zu Hause geblieben, ich weiß nicht, warum ... aber jetzt ist er auch weg."

„Was genau steht denn in dem Brief?"

„Ich weiß nicht. Ich habe ihn nicht zu Ende gelesen. Ich kann es nicht. Ich kann es einfach nicht. Es ist so furchtbar. Ich habe gedacht, Johannes' Tod war ein Unfall. Ist er wirklich umgebracht worden?"

„Unsere Ermittlungen sind noch nicht so weit, dass ich Ihnen darauf eine Antwort geben kann. Und jetzt hören Sie mir bitte genau zu. Ich möchte Ihnen eine sehr wichtige Frage stellen."

„Gut."

„Gibt es in Ihrem Haus Waffen?"

„Waffen? Was meinen Sie damit? Was für Waffen?"

„Schusswaffen."

„Nein, natürlich nicht. Nur das hässliche alte Ding von Urgroßvater."

„Ist das eine Pistole?"

„Eine Pistole ... ein Revolver ... Ich kenne mich da nicht so aus."

„Wissen Sie, wo sich diese Waffe befindet?"

„Ja, bei meinem Vater im Schreibtisch."

„Sehen Sie bitte nach, ob sie auch jetzt noch da ist."

„Aber ich habe doch keinen Schlüssel. Sie liegt in einer Schublade, die immer abgeschlossen ist."

„Einen Moment, bitte. Bleiben Sie dran."

Jörgensen hielt seine Hand über die Sprechmuschel und rief Sattlers Namen. Dann fiel ihm ein, dass er den zu Apollonia Sommer geschickt hatte. Die Neue? Besser nicht. Ohne richterliche Anordnung in das Haus eines angesehenen Bürgers eindringen und dort dessen Schreibtisch aufbrechen? Das musste er wohl oder übel selber machen. Und hinterher auch selber ausbaden.

„Frau Gilmer? Hören Sie?"

„Ja."

„Ich mache mich jetzt gleich auf den Weg zu Ihnen. Gehen Sie bitte nicht aus dem Haus. Warten Sie auf mich."

„Ja, gut."

Während der Fahrt wählte er über die Freisprechanlage die Nummer von Gilmers Firma. Er landete bei der Zentrale und verlangte Frau Saskia Schmidt.

„Jörgensen hier", sagte er, als sie sich meldete.

„Der Herr von der Polizei", kam es fröhlich aus der Leitung. „Was kann ich für Sie tun?"

„Ist Ihr Chef da?"

„Oh, Sie Ärmster! Der ist just vor zehn Minuten weg, und ich habe auch leider keine Ahnung, wann er wiederkommt."

„Das macht nichts, ich will ihn gar nicht sprechen. Wann ist er heute ins Büro gekommen?"

„Das muss so kurz nach elf gewesen sein. Ganz ungewöhnlich. Dabei hatte er gar keinen Außentermin. Ich kann mich nicht erinnern, dass so etwas schon mal vorgekommen ist."

„Aber jetzt ist er trotzdem schon wieder weg?"

„Ja. Seine Frau hat angerufen, und er ist auf und davon. Ich habe ihn gefragt, wann er zurückkommt, aber er hat nur den Kopf geschüttelt. Er ist heute ganz komisch drauf."

„Er hat nicht gesagt, wohin er geht?"

„Nein. Wahrscheinlich trifft er sich irgendwo mit seiner Frau. Meinen Sie nicht auch? Vielleicht gehen sie zusammen essen. Es ist ja schon fast zwölf."

„Haben die beiden ein Stammlokal. Wo sie gerne mittags hingehen?"

„Mittags? Es ist bisher so gut wie nie vorgekommen, dass sie mittags zusammen essen gegangen sind."

„Und abends? Ich meine ..."

„Na, alles, was gut und teuer ist."

„Mmh. Hat er seinen Wagen genommen, oder ist er zu Fuß weg?"

„Warten Sie, ich schau mal aus dem Fenster." Und nach ein paar Sekunden: „Sein Parkplatz ist leer. Also mit Auto."

„Was für einen Wagen hat Herr Gilmer denn?"

„Einen X5."

„Einen BMW?"

„Neidisch, Herr Kommissar?"

„Farbe?"

„Anthrazit. Wollen Sie auch das Kennzeichen wissen? Das kostet aber extra."

Sie lachte kurz und nannte ihm dann die Nummer.

Jörgensen versuchte sie sich einzuprägen, dankte und legte auf. An der nächsten roten Ampel notierte er schnell die Nummer, und während er das tat, klingelte das Handy. Es war Sattler.

„Ja?"

„Sie hat ihn identifiziert. Frau Sommer ist sich völlig sicher, dass es Britman war, der ihr entgegenkam."

„Danke." Aber inzwischen war diese Information gar nicht mehr wichtig. Sie war ja schon längst überholt. „Fahren Sie zur Blume zurück, und wenn Sie nichts Besseres zu tun haben, nehmen Sie die Aussage von Frau May auf. Für die Akten."

Er beendete das Gespräch und fluchte leise. Er hatte jetzt eine ungefähre Vorstellung, was passiert sein mochte. Johannes hatte seinem Vater gedroht, der Presse, das heißt Tycho Frenzen, eine Enthüllungsstory über dessen unsaubere Machenschaften zuzuspielen. Daraufhin hatte der alte Gilmer scheinbar Britman gedungen, seinen Sohn zu töten. Das eine wie das andere ein schier unglaublicher Vorfall. Was mochte die beiden, Vater und Sohn, dazu getrieben haben? Britman hatte dann den jungen Gilmer getötet und anschließend hatte Georg Gilmer Britman, der jetzt zum gefährlichen Mitwisser geworden war, beseitigt. Mit der Wehrmachtspistole seines Großvaters. Konnte es einen Zweifel geben, was er jetzt tun würde, nachdem er erfahren hatte, dass seine Frau Bescheid wusste? Er hatte seinen Sohn töten lassen, er hatte sein Werkzeug Rik Britman aus dem Weg geräumt, er würde jetzt auch nicht davor zurückschrecken, seine Frau zum Schweigen zu bringen. Wenn er nur eine Ahnung hätte, wo die beiden sich treffen würden!

Er parkte seinen Wagen auf der Auffahrt vor dem Haus der Gilmers. Er inspizierte den Kofferraum und entdeckte einen Kuhfuß. Damit würde er den Schreibtisch wohl aufbekommen, obwohl er lieber nicht wissen wollte, was Kriminaloberrat Holm dazu sagen würde.

Carlotta Gilmer hatte seinen Wagen gehört und stand bereits in der Tür. Sie wirkte völlig aufgelöst, aber immerhin war sie zu aufgeregt, um in Tränen auszubrechen.

„Wenn Sie mir bitte den Brief zeigen."

„Er ist im Wohnzimmer."

Jörgensen überflog den Inhalt. Auch dieser Brief war inzwischen überholt. Er bestätigte nur, was er mittlerweile ahnte, ja eigentlich schon wusste. Durch Marit May war Johannes Gilmer den Betrügereien seines Vaters auf die Spur gekommen und hatte ihm gedroht, sein Wissen an die Presse durchzustechen. Aber bevor er das tun konnte, hatte Britman ihn im Auftrag Gilmers getötet. So ließ sich der Brief zusammenfassen.

Jörgensen steckte ihn in die Tasche.

„Das Arbeitszimmer Ihres Vaters?"

„Das ist oben."

Über eine altertümliche, aber professionell restaurierte Treppe gelangten sie in den ersten Stock. Carlotta Gilmer führte ihn in einen Raum, der viel kleiner war als das Büro ihrer Mutter im Erdgeschoss. Wahrscheinlich arbeitete Gilmer auch nur selten zu Hause.

Der Schreibtisch war ein schlichtes und nicht sehr kostbares Möbel, wie Jörgensen erleichtert feststellte. Wenn er die Schubladen erst einmal mit dem Kuhfuß aufgebrochen hatte, war das Ding wahrscheinlich reif für den Sperrmüll.

„Welche ist es?"

„Die hier."

Er überlegte, wo er den Kuhfuß am besten ansetzen sollte, dann zog er aber vorher doch noch einmal probeweise an der Schublade. Sie war nicht abgeschlossen. Sie enthielt ein bisschen Krimskrams, aber keine Pistole.

„Sind Sie sicher, dass sie hier drin war?"

„Ja."

Er kontrollierte vorsichtshalber auch die anderen. Keine war verschlossen und nirgendwo eine Waffe. Seine schlimmsten Befürchtungen schienen sich zu bewahrheiten.

„Wann haben Sie die Waffe zuletzt gesehen?"

Carlotta Gilmer sah ihn nur verständnislos an und zuckte die Schultern. Das Kind war offenbar so verstört, dass er seine Fragen mit Bedacht formulieren musste.

„Ihre Eltern, die haben doch sicher Orte, wo sie gerne gemeinsam hingehen, nicht wahr?"

„Ja."

„Können Sie mir das eine oder andere Beispiel nennen?"

Sie überlegte einen Moment.

„Sie gehen gerne ins Theater. Oder in die Oper."

Dort würde man sie an einem Donnerstag um die Mittagszeit wohl nicht finden, dachte er und überlegte, wie er ihr auf die Sprünge helfen konnte, ohne sie durch die Formulierung seiner Frage auf eine falsche Fährte zu locken.

„Stellen Sie sich vor, Ihre Eltern wollten sich irgendwo treffen, wo sie sich ungestört unterhalten können, wo sie ein langes Gespräch führen können. Wo könnte das sein?"

„Ich weiß nicht. Vielleicht in Mamas Arbeitszimmer."

„Gut. Aber wenn sie es aus irgendeinem Grund nicht hier zu Hause führen wollen oder können?"

„Dann würden Sie wahrscheinlich spazieren gehen."

„Aha. Gibt es Orte, wo sie besonders gerne spazieren gehen?"

„Oh ja, an der Schwentine."

„Ja?"

„Am Wochenende fahren sie immer wieder mal zu dem Parkplatz an der B 202 gleich hinter Raisdorf. Da gehen sie gerne an der Schwentine entlang, direkt am Ufer Richtung Preetz."

Das war immerhin ein bisschen vielversprechender als Schauspiel- oder Opernhaus, gerade auch angesichts des schönen spätsommerlichen Wetters, und viel mehr war aus dem Mädchen auch nicht herauszuholen. Er fragte Carlotta Gilmer noch nach dem Wagen ihrer Mutter, dann machte er sich auf den Weg zurück zur Blume.

10. Kapitel

Von unterwegs rief Jörgensen die Polizeistation in Schwentinental an. Er war froh, seinen alten Kollegen Heinrich Wilhelmsen an den Apparat zu bekommen. Der war auf seine alten Tage von der Kripo wieder zur Schutzpolizei zurückgegangen und leitete jetzt die Station vor den Toren Kiels. Mit wenigen Worten setzte Jörgensen ihn ins Bild, gab ihm die Beschreibungen der Gesuchten und die Informationen zu ihren beiden PKW.

„Ich werde gleich einen Wagen in Marsch setzen. Unter der Woche ist da ja gar nicht viel los. Wir haben im Handumdrehen raus, ob die gesuchten Fahrzeuge dort stehen."

„Aber sie sollen vorsichtig sein. Es ist möglich, nein, sogar wahrscheinlich, dass Gilmer eine Pistole bei sich hat."

„Ist das dann nicht ein Fall für die Jungs vom SEK?"

„Ich weiß es nicht. Verdammt noch mal, ich weiß es nicht. Dieser Gilmer ist ein unbescholtener Bürger. Einer mit Beziehungen."

„Wir werden vorsichtig sein."

Jörgensen war gerade in der Blume angekommen und auf dem Weg zu seinem Büro, als ihn die Meldung erreichte, dass die beiden Fahrzeuge tatsächlich auf dem Parkplatz standen, wo die B 202 über die Schwentine führt. Von den Insassen keine Spur. Man hatte Unterstützung von der nahen Polizeistelle in Preetz angefordert und leitete jetzt die Suche nach Gilmer und seiner Frau ein.

Auf dem Weg zurück zu seinem Dienstwagen holte Jörgensen vorsichtshalber seine Pistole aus dem verschlossenen Waffenfach und griff sich auch seine schusssichere Weste, die er dann aber nur achtlos auf den Rücksitz seines Wagens warf. Er spielte mit dem Gedanken, das Blaulicht aufs Dach zu setzen, aber er sagte sich, dass es keinen Sinn machte. Wilhelmsen und seine Leute würden so oder so lange vor ihm vor Ort sein. Es blieb ihm nichts anderes übrig, als sich auf sie zu verlassen, und er war sich sicher, dass er das auch durfte.

Aber ihm war nicht wohl bei der Sache. Eine verdammt vertrackte Angelegenheit. Was auch immer er dachte oder befürchtete, da ging ein ehrbarer Bürger mit seiner Frau spazieren, ein Bürger, dem man nicht auf die Zehen treten durfte, weil vor seinen weitreichenden Beziehungen sogar Kriminaloberrat Holm zitterte. Aber dann war da auch die verschwundene Waffe. Vielleicht war mit ihr schon ein Mensch getötet worden. Möglicherweise schwebte Mechthild Landsberg in Lebensgefahr, und wenn dem so war ... und es galt auch, an Leben und Gesundheit der beteiligten Beamten zu denken. Das war ein hohes Gut. Er schlug mit der Faust auf das Lenkrad. Von welcher Seite aus man es auch betrachtete, was für eine Lappalie wäre dagegen ein demolierter Schreibtisch gewesen.

Als er den Parkplatz an der Schwentinebrücke erreichte, sah er dort zwei Polizeifahrzeuge und – etwas verloren wirkend auf dem weitläufigen Schotterplatz – noch vier oder fünf Pkw. Die Schwentine, an dieser Stelle breit wie ein See, leuchtete wunderschön blau in der Mittagssonne und nur ein oder zwei Pfützen auf dem Platz erinnerten an das Regenwetter vergangener Tage.

Wilhelmsen begrüßte ihn knapp und kam schnell zur Sache: „Da vorne stehen die beiden gesuchten Fahrzeuge."

Ja, da standen sie ganz harmlos nebeneinander, der protzige SUV und der kleine Toyota.

„Du siehst, hier ist heute nicht viel los. Wenn sie tatsächlich den Wanderweg flussaufwärts gegangen sind, werden sie ziemlich ungestört sein. Die Hundebesitzer tummeln sich mit ihren Liebsten eher auf dem Ende flussabwärts Richtung Raisdorf. Kennst du diese Ecke hier?" Jörgensen verneinte. „Denn kiek mol op mien koort hier." Manchmal dachte Wilhelmsen nicht daran, dass Jörgensen kein Platt schnackte, aber es fiel ihm immer schnell wieder ein. „Also, hier sind wir, da verläuft der Weg Richtung Preetz." Jörgensens Blick folgte den Bewegungen des Zeigefingers auf der Karte. „Erst geht es am Fluss entlang, dann entfernt sich der Weg von der Schwentine und führt durch dieses Waldstück, das Bekholz. Hinter dem Bekholz an dieser Stelle hier wird aus dem Fußweg ein befahrbarer Feldweg und das bleibt er dann auch bis Preetz. Zu der Stelle dort ist ein Streifenwagen aus Richtung Preetz unterwegs, und wenn die das Ende des Feldweges erreicht haben, werden zwei Beamte in unsere Richtung losmarschieren. Zwei meiner Leute sind schon vor einiger Zeit von hier aus aufgebrochen. Insgesamt ist der Weg zwischen uns hier und dem Ende des Feldwegs am anderen Ende kaum mehr als 1000 Meter lang. Die beiden Suchtrupps werden also im Handumdrehen zusammentreffen. Natürlich geht es nicht immer schön geradeaus und hier und da auch über Stock und Stein. Da kommt man nicht so schnell voran, aber ich wette, die einen oder die anderen werden die beiden Gesuchten bald erreichen. Sofern sie tatsächlich diesen Weg gewählt haben. Wenn nicht, gibt es verdammt viele Möglichkeiten, wo sie sein können. Sie könnten hier" – Wilhelmsens Finger deutete auf eine Stelle etwa in der Mitte des fraglichen Abschnitts – „den offiziellen Wanderweg verlassen haben und sich irgendwo im Bekholz herumtreiben, oder sie sind doch flussabwärts gegangen. Oder sie sind hier über die Brücke und spazieren am anderen Schwentineufer entlang. Alles möglich. Dann brauchen wir wohl Verstärkung."

Fürs Erste blieb also keine andere Möglichkeit als abzuwarten, sagte sich Jörgensen. Keine allzu ungewöhnliche Übung in seinem Beruf, und da alles Wichtige besprochen war, versuchte Wilhelmsen das bleierne Schweigen zu brechen, indem er ihn nach seinem Urlaub in der Toskana fragte.

„Ihr wart sicher auch in Florenz, oder? Muss eine bannig schöne Stadt sein."

Jörgensen dachte an die Mücken, die ihnen dort im Hotelzimmer das Leben zur Hölle gemacht hatten.

„Ja, klar. Florenz ist echt unheimlich schön."

Ob sich die Tochter geirrt hatte? Spazierten ihre Eltern nicht Richtung Preetz sondern auf einem der anderen von Wilhelmsen beschriebenen Wege? Oder vielleicht kamen sie zu spät, vielleicht war das Unglück schon geschehen. Gar nicht auszudenken, wenn es jetzt noch einen dritten Todesfall gab!

„Meinst du nicht, dass sich jetzt langsam mal jemand hören lassen müsste?"

„Ümmer suutje, mien Jung", meinte Wilhelmsen, aber er sagte es, ohne zu lächeln, und sah dann auf die Uhr. In dem Moment begann das Funkgerät in seinem Wagen zu quäken. Wilhelmsen ließ sich auf den Fahrersitz fallen und beantwortete den Ruf. Jörgensen konnte nicht verstehen, was gesagt wurde, und er fragte sich, ob irgendjemand wirklich aus den verzerrten Stimmen mit all den atmosphärischen Störungen etwas heraushören konnte oder ob alle nur so taten als ob und in Wirklichkeit nur errieten, was sie zu hören behaupteten.

„Habt Ihr sie?", fragte Wilhelmsen.

...

„Alle beide? Und unverletzt? Sehr gut."

...

„Und was ist mit der Waffe?"

...

„Gut, dann bringt sie her. Ich sage den Kollegen aus Preetz Bescheid, dass sie wieder nach Hause gehen können." Dann wandte er sich an Jörgensen: „Beide sind unverletzt. Sie haben keinerlei Widerstand geleistet. Sie waren eher verblüfft, als die Beamten sie erreichten. Eine Waffe hat man bei keinem der beiden gefunden."

Es dauerte eine Weile, bis die beiden Beamten in ihrer martialischen Schutzausrüstung und den umgehängten Maschinenpistolen mit dem gesuchten Ehepaar auf dem Parkplatz eintrafen.

„Das war ja einfacher als gedacht", meinte Wilhelmsen erleichtert. „Frauke fände das übrigens toll, wenn ihr mal wieder zum Essen vorbeikommen würdet. Dann könnt ihr ein bisschen von der Toskana erzählen. Ich würde da auch mal gerne hin, aber Frauke ... du weißt ja, seit über zwanzig Jahren geit dat in'n Urlaub nach Däänmark. Also? Schüllt de Fruunslüüd mol een Termin utsöken?"

Jörgensen nickte und nach einem festen Händedruck stieg Wilhelmsen in seinen Wagen und fuhr Richtung

Schwentinental davon. Die übrigen brachen als kleiner Konvoi Richtung Kiel auf, vorneweg der Streifenwagen, in den man Gilmer verfrachtet hatte, im Wagen dahinter Jörgensen und dann der kleine, rote Toyota Aygo mit Frau Landsberg.

Zu Jörgensens Erstaunen hatte Gilmer sich der Aufforderung, ihn nach Kiel zur Blume zu begleiten, resignierend gefügt. Lediglich seine Frau hatte dagegen protestiert, aber nur eine kurze Zeit lang.

Während der Fahrt zur Blume überlegte Jörgensen, wie er vorgehen sollte. Auf jeden Fall war seine schöne Theorie wie ein Kartenhaus zusammengefallen, und das lag am Fehlen der Waffe. Was war jetzt noch von dem Kartenhaus übrig? Das Bekennerschreiben von Rik Britman. Es deckte sich mit der Aussage von Apollonia Sommer. Tycho Frenzens Interesse an Gilmers Firma, das mit dem Gerede, das Kühl in seinem Altenheim aufgeschnappt hatte, in Einklang stand. Und sonst?

Irgendwann, sie waren wieder in Kiel, stellte Jörgensen fest, dass der rote Aygo nicht mehr im Rückspiegel zu sehen war. Um Frau Landsberg würde er sich später kümmern.

Die beiden Streifenbeamten brachten Gilmer in Jörgensens Büro. Als sie gehen wollten, hielt Jörgensen sie auf dem Flur zurück. Er schloss die Tür seines Büros, damit Gilmer nichts von der Unterhaltung mitbekam.

„Kann es sein, dass die beiden, nachdem sie Sie bemerkt haben, etwas haben verschwinden lassen? Eine Waffe zum Beispiel?"

„Nein, eigentlich nicht. Das wäre uns aufgefallen. Wir gingen ja in dieselbe Richtung wie sie, und sie haben uns erst sehr spät wahrgenommen. Außerdem waren sie da schon im Bekholz. Da sind größtenteils alte Buchen und praktisch alles total offen. Kein Unterholz mehr, keine Büsche oder so. Nein, sie spazierten Händchen haltend wie Jungverliebte durch den Wald und haben sich mächtig erschrocken, als sie uns schließlich bemerkten."

Als die beiden Streifenpolizisten fort waren, blieb Jörgensen noch eine Weile im Flur stehen. Passierte das nicht immer wieder? Man hatte das Ziel schon ganz dicht vor Augen, und dann im letzten Moment tauchte irgendein Detail auf, das einfach nicht in die Geschichte passte.

Er dachte an den jungen Gilmer, er dachte an Platons *Politeia*, an die herausgestreckte Zunge Einsteins und dann fasste er einen Entschluss.

Er schaute noch einmal kurz in das Büro von Sattler und der Neuen. Die Morel sah ihn erwartungsvoll an.

„Haben Sie zufällig im NWR überprüft, ob Georg Gilmer eine Waffenbesitzkarte hat?"

„Negativ. Also, ich habe es überprüft, und er hat keine."

„Danke." Das war ein Pluspunkt für die Neue.

Er ging in sein Büro und setzte sich Gilmer gegenüber an seinen Schreibtisch. Kurz registrierte er einen Zettel, auf dem stand, seine Tochter hätte angerufen. Katinka und auch Sabrina wussten, dass er sein Handy nur zu dienstlichen Zwecken nutzte. Wenn es nicht gerade um Leben und Tod ging, telefonierte er privat ganz altmodisch übers Festnetz, und alle, die ihn kannten, respektierten das. Er schob den Zettel ein wenig zur Seite. Katinka musste warten. Er dachte eine Weile nach und studierte dabei sein Gegenüber. Er war drauf und dran, mal wieder von der amtlichen Vorgehensweise abzuweichen und etwas sehr Unkluges zu tun, nämlich sich von seinen Gefühlen leiten zu lassen.

Bisher war Gilmer immer noch ein unbescholtener Bürger, dem die Polizei nichts Konkretes nachweisen konnte. Da waren die Vorwürfe im Brief von Britman. Na und? Britman war tot, und der Brief würde vor Gericht kaum ausreichen, um zu beweisen, dass er tatsächlich von Gilmer zum Mord an dessen Sohn angestiftet worden war. Und Britmans Tod? Nun, niemand hatte Gilmer dort im Haus in der Paul-Fuß-Straße gesehen, und – vor allem – die vermeintliche Tatwaffe war weg. Eigentlich war es schon problematisch genug, dass sie Gilmer so mir nichts, dir nichts einkassiert hatten. Aber der hatte ja auch nicht weiter dagegen protestiert und sich fast apathisch in alles gefügt. Vielleicht hatten die Ereignisse dem sonst so selbstherrlichen Sozialmanager derart zugesetzt, dass Jörgensen jetzt eine kleine Zeit

lang eine Chance haben würde, die Wahrheit herauszu-
bekommen. Bis Gilmer wieder ganz er selbst sein würde.
Er wollte diese Chance unbedingt nutzen.

„Herr Gilmer, dies ist kein offizielles Verhör. Ich
möchte mich einfach nur mit Ihnen unterhalten. Von
Mensch zu Mensch sozusagen. Wenn Sie allerdings
möchten, dass ein Anwalt bei dem Gespräch zugegen ist,
werde ich selbstverständlich Ihrem Wunsch entspre-
chen."

Gilmer schüttelte nur wortlos den Kopf.

„Gut. Rik Britman hat Ihren Sohn getötet, nicht
wahr? Wie konnte es dazu kommen?" Jörgensen versuchte, gar nicht erst um den heißen Brei herumzureden.
Er machte eine Pause, aber Gilmer sagte nichts. „Ich
habe hier einen an Ihre Frau adressierten Brief von ihm.
Er behauptet darin, er hätte Johannes auf Ihre Anweisung hin getötet."

„Das ist gelogen", erklärte Gilmer mit müder Stimme.
„Nie hätte ich das getan. Johannes war mein Sohn, mein
einziger Sohn."

„Aber Ihre Beziehung zueinander war in letzter Zeit
von Meinungsverschiedenheiten belastet. War es nicht
so?"

„Zwischen Vater und Sohn kann so etwas immer mal
vorkommen."

„Aber am vergangenen Donnerstag, als Johannes bei
Ihnen war, ist der Streit eskaliert."

Gilmer blickte zu Boden.

„Wenn Sie so ausdrücken wollen."

„Es war wegen dieses Buches von Martin Sellner."

„Ja."

„Was genau ist vorgefallen?"

„Als ich das Buch sah, bin ich wütend geworden. Ich habe zu ihm gesagt, dass nur Dummköpfe auf solch rechtspopulistischen Unsinn reinfallen und dass ich mich schämen würde, einen solchen Dummkopf zum Sohn zu haben."

Gilmer schwieg eine Weile und Jörgensen wartete geduldig.

„Ich habe das Buch an mich genommen. Ich wusste erst gar nicht, was ich damit machen wollte. Wäre Winter gewesen und Feuer im Kamin, hätte ich es ins Feuer geworfen. So habe ich es aufgeklappt um es in zwei Teile zu zerreißen. Aber Johannes wollte das verhindern. Wir haben uns wie zwei Schuljungen gebalgt." Er sagte es ohne zu lächeln. „Und er war der Stärkere. Er riss mir das Buch schließlich aus der Hand und stieß mich weg. Ich fiel zu Boden. Können Sie sich vorstellen, wie schrecklich das ist? Wenn der Sohn die Hand gegen den eigenen Vater erhebt? Ich bin in meinem ganzen Leben nie so erniedrigt worden. Ich lag am Boden und mein Sohn blickte auf mich herab. Er war selbst erschrocken und wollte mir aufhelfen, aber ich habe das selbstverständlich nicht zugelassen. ‚So weit ist es also mit dir gekommen', habe ich zu ihm gesagt. ‚Etwas wie dich habe ich hervorgebracht? Ein so verabscheuungswürdiges Subjekt? Einen, der keinen Funken Moral in sich trägt? Und du willst das christliche Abendland retten?'"

Gilmer schwieg einen Moment lang, als müsse er nach dieser Rede wieder zu Kräften kommen. Dann fuhr er mit tonloser Stimme fort. „Dann hat er mir erklärt, dass ich doch ein noch viel schlimmeres Subjekt sei und dass er gewisse Informationen hätte über Betrügereien in meiner Firma und dass er die an die Presse weitergeben würde. Er hätte da schon einen Journalisten an der Hand. Können Sie sich vorstellen, wie ich mich gefühlt habe? Mein eigener Sohn wollte mich den Medien zum Fraß vorwerfen, mich ruinieren, mich vernichten."

Gilmer machte wieder eine Pause.

„Als Johannes gegangen war, habe ich lange wie betäubt dagesessen. Alles spielte verrückt in meinem Kopf. Erst viel, viel später war ich fähig, klar denken zu können. Hatte Johannes leere Drohungen ausgestoßen, oder wusste er tatsächlich etwas?" Gilmer lachte leise. „Sie als Polizist denken jetzt wahrscheinlich: ‚Aha, es gab also etwas, womit der Sohn ihn hätte in Schwierigkeiten bringen können.' Na und? Was hat das jetzt noch für eine Bedeutung? Aber letzte Woche hat es auch mich total aufgewühlt. Ich will Sie nicht damit langweilen, wie ich den Abend und die Nacht nach dem Streit verbracht habe. Jedenfalls, als ich am nächsten Tag ins Büro ging, war ich fest entschlossen, den oder die Verräter zu finden. Es musste in der Firma jemanden geben, von dem

Johannes seine Informationen über ... nun, sagen wir, bestimmte Geschäftspraktiken hatte. Es war Freitag und ich musste unverzüglich handeln. Ich wollte nicht dazu verurteilt sein, ein ganzes Wochenende vor mich hin zu grübeln, ohne etwas tun zu können.

Ich habe gleich Britman zu mir gerufen. Er wusste über so ziemlich alles Bescheid, ich meine, über die Dinge, die nicht an die große Glocke gehängt werden durften, aber er war loyal. Das dachte ich jedenfalls. Und tatsächlich, er war sogar auf eine furchtbare Weise loyal.

Ich habe ihm gesagt, was mein Sohn vorhat, und dass wir unbedingt die undichte Stelle finden müssten. Aber er wusste von nichts. Oder er tat zumindest so. Ich bin ein wenig ausgerastet. Verständlich, oder? Wenn man bedenkt, in welcher Lage ich mich befand und was ich seit dem letzten Abend durchgemacht hatte. Ich habe mir einmal so richtig Luft gemacht. Ich habe diesen Menschen, der mein Sohn war und mich ins Verderben stürzen wollte, verflucht, und ich habe Britman gesagt, was ich von einem Referenten halte, der in einer derart dramatischen Krise nur dumm dasteht und mir nicht die geringste Hilfe ist. Ich habe wohl eine ganze Weile getobt, bis ich eingesehen habe, dass mich das auch kein Stück weiterbringt. Ich habe Britman gesagt, er soll sich um diese ärgerliche Sache kümmern."

„Und er ist hingegangen und hat Ihren Sohn getötet."

Gilmer holte tief Luft.

„Ja, er ist hingegangen und hat meinen Sohn getötet. Ich kann es immer noch nicht fassen. Er hat tatsächlich gedacht, ich würde den Tod meines Sohnes wünschen. Es ist unfassbar."

Gilmer schwieg wieder eine Weile.

„Ja, Britman, dieser Schwachkopf, ist zu meinem Sohn hingegangen. Er dachte, wenn er ihm eins über'n Schädel gibt und ihm das Kokain mit reichlich Fentanyl versetzt injiziert, ist das so was wie der perfekte Mord. Schwierigkeiten, an das Zeug zu kommen, hatte er ja keine. Wir kümmern uns ja auch um Drogenabhängige. Da hat er wohl schnell rausgehabt, wo man solche Sachen herbekommt. Vielleicht war er sogar schon vorher Kunde bei den entsprechenden Leuten. Er ist ja selber ein Junkie gewesen, obwohl er behauptete, inzwischen sauber zu sein."

Gilmer fixierte den Kommissar.

„Ich würde sonst was dafür geben, wenn ich meine Worte, wenn ich meine ganze Unterhaltung mit Britman ungeschehen machen könnte. Aber ..." Er musste sich einen Moment lang sammeln, um weiterreden zu können. „Wie konnte Britman nur denken ..." Gilmer bewegte seinen Kopf ein paar Mal hin und her, als wolle er diesen Gedanken abschütteln.

„Anfangs hatte ich keine Ahnung, was vorgefallen war. Ich dachte tatsächlich, Johannes wäre süchtig gewesen. Vielleicht hat mich das sogar ein wenig getröstet. Ich habe mir eingeredet, dass das eine Erklärung wäre für seine wirren politischen Ideen und all das. Und auch für seinen Verrat an mir. Aber dann kamen Sie daher, erzählten, Johannes' Tod wäre möglicherweise kein Unfall, sondern Mord gewesen. Ich war fassungslos."

„Aber nach einer Weile haben Sie sehr besonnen reagiert und sind in die Wohnung Ihres Sohnes, um den Laptop zu holen."

„Ja, als die Streifenbeamten vorbeikamen und meiner Frau den Schlüssel von Johannes' Wohnung gaben, wurde mir bewusst, dass Sie jetzt, wo Sie vermuteten, Johannes wäre ermordet worden, überall herumschnüffeln würden. Ich hatte Angst, bei Johannes könnte belastendes Material über meine Firma zu finden sein. Also habe ich mir den Schlüssel genommen und bin in die Wohnung. Ich habe mich dort umgesehen. Ich konnte nichts Verdächtiges entdecken. Außer dem Laptop. Er war noch an, aber um aus dem Ruhemodus zu kommen, brauchte man das Kennwort. Für mich hoffnungslos. Aber die Polizei, habe ich mir gesagt, wird das sicher knacken können. Also habe ich den Laptop kurzerhand mitgenommen. Johannes' Wohnung ist nicht weit vom Schrevenpark, also bin ich da hin und habe den Laptop in den Teich geschleudert. Es war schon dunkel. Es war unter der Woche und schlechtes Wetter. Kein Abend zum Grillen im Park. Folglich war weit und breit kein Mensch zu sehen. Nur ein paar Wasservögel haben Lärm gemacht, als der Laptop ins Wasser fiel."

„Später, im offiziellen Verhör, werden wir Sie bitten, uns die Stelle, wo das Gerät sich jetzt befindet, genau zu beschreiben."

Gilmer nickte stumm und Jörgensen sprach weiter.

„Wann sind Sie auf die Idee gekommen, Britman könnte Ihren Sohn getötet haben?"

„Ob sie es glauben oder nicht, das hat lange gedauert. Erst als ich von Johannes' Wohnung zurück war und im Bett lag. Ich konnte nicht einschlafen und da, erst da, kam mir der Gedanke. Am nächsten Tag habe ich Britman zur Rede gestellt. Ganz frech hat er alles zugegeben und mir auf den Kopf zugesagt, ich hätte ihn doch damit beauftragt. Ich war außer mir. Ich habe ihn beschimpft, wie ich noch nie in meinem Leben jemanden beschimpft habe. Am Ende habe ich ihn rausgeschmissen. Aus meinem Büro und aus meiner Firma. Vielleicht hätte ich mich an die Polizei wenden sollen. Aber wenn Britman Ihnen dann seine Version der Geschichte erzählt hätte, wie hätte ich dagestanden? Die Unregelmäßigkeiten in der Firma wären zur Sprache gekommen. Es hätte so ausgesehen, als wenn ich tatsächlich ein Motiv gehabt hätte zu ... dem, was Britman behauptete."

Jörgensen dachte an die Aussage von Evita Roth, die die Auseinandersetzung zwischen den beiden gehört hatte und an die Drohung, die Britman ausgesprochen hatte."

„Was geschah dann?"

„Britman rief mich zu Hause an. Am selben Tag noch, abends. Er wollte Geld von mir. Es war Erpressung. Ich habe ihn ausgelacht. Ich habe ihn gefragt, ob er etwa zur Polizei gehen wolle. Selbst wenn man ihm seine Geschichte abnehmen würde, was doch sehr, sehr unwahrscheinlich wäre, selbst dann bliebe die Tatsache, dass *er* es schließlich gewesen sei, der Johannes getötet habe. Aber Britman hat nur gelacht, und da wurde mir klar, dass er, wie ein in die Enge getriebenes Tier, zu allem fähig war."

Gilmer schwieg und Jörgensen hatte das Gefühl, ihm helfen zu müssen.

„Sie haben sich dann in Britmans Wohnung getroffen, und er hat Ihnen nicht etwa gedroht, zur Polizei zu gehen, sondern alles Ihrer Frau zu enthüllen, war es nicht so?"

Gilmer nickte.

„Und dann haben Sie ihn erschossen."

Gilmer dachte lange nach.

„Nein, das ist falsch. Es war eine Art Gottesurteil. Sehen Sie, ich hatte die alte Wehrmachtspistole meines Großvaters mitgenommen. Ich wusste, wie man sie lädt und wie man sie entsichert. Im Magazin waren Patronen, die auch noch aus dem Krieg stammten. Ich hatte keine Ahnung, ob man mit dieser Waffe und mit diesen Patronen überhaupt noch schießen kann. Ich habe mir gesagt, wenn sich eine Gelegenheit bietet, probiere ich es einfach, und wenn sich dann tatsächlich ein Schuss löst, hat

Gott es so gewollt."

Jörgensen mochte kaum glauben, was er hörte. Ein Gottesurteil? Absurd. Wenn es wenigstens Russisches Roulette gewesen wäre. Dann erinnerte ihn eine ganz leise Stimme in seinem Kopf daran, dass er selber gestern – War es erst gestern gewesen? – nicht gewusst hatte, ob man mit einer so alten Waffe und so alter Munition noch schießen kann.

„Erzählen Sie mir bitte genau, wie es passiert ist."

„Britman hat noch einmal seine absurde Geldforderung genannt, und ich habe ihn gefragt, was denn wäre, wenn jetzt *ich* ihm eine Überdosis Kokain verpassen würde. Da hat er gelacht und gemeint, dann würde meine Frau einen Brief bekommen, in dem ihr haarklein berichtet würde, wie ihr Sohn gestorben sei. Und wer der Auftraggeber gewesen sei. ‚Zeigen Sie mir diesen Brief', habe ich gesagt, und er hat wieder gelacht. ‚Eine Kopie können Sie gerne sehen, aber das Original ist schon längst bei einer vertrauenswürdigen Person, und die schickt den Brief ab, sobald mir etwas zustößt.' Er hat mir den Rücken zugekehrt, um diese Kopie auf seinem Schreibtisch hervorzukramen. Da habe ich die Pistole auf ihn gerichtet und abgedrückt."

Gilmer sah Jörgensens erwartungsvollen Blick und zuckte die Schultern.

„Es gab einen furchtbaren Knall, aber es war, als hätte nur ich ihn gehört. Nichts passierte. Nichts rührte sich im Haus. Britman lag vor mir auf dem Boden und war offensichtlich tot. Ich habe die Kopie seines Briefes an meine Frau an mich genommen und bin gegangen."

„Die Waffe Ihres Großvaters haben Sie wieder mitgenommen, nicht wahr? Was haben Sie dann mit ihr gemacht?"

„Ich habe sie zu Hause wieder in meinem Schreibtisch eingeschlossen."

Jörgensen war klar, dass sie nun langsam zu dem kommen würden, was heute zwischen Gilmer und seiner Frau vorgefallen war, und er fühlte ein leises Unbehagen.

„Aber dort ist sie nicht mehr, Herr Gilmer."

„Nein, ich hatte sie bei mir, als ich mich mit meiner Frau traf."

Jörgensen wurde nicht recht schlau aus dem Blick, mit dem Gilmer ihn ansah.

„Erzählen Sie, was heute vorgefallen ist."

„Ich hatte die Kopie von Britmans Brief gelesen. Ich habe hin und her überlegt, aber am Ende war ich mir doch sicher, dass er die Geschichte mit jener Person, die den Brief abschicken würde, wenn ihm etwas passiert, dass er das nicht erfunden hatte. Sein Tod war am Mittwoch entdeckt worden, also, sagte ich mir, musste ich damit rechnen, dass der Brief an meine Frau am Donnerstag in der Post sein würde. Ich bin nicht ins Büro gegangen, ich habe den ganzen Vormittag auf den Briefträger gewartet. Der kam, aber der Brief, der kam nicht. Meine Frau war in der Gemeinde, und ich habe mir gesagt, dass Britman, dieses Aas, den Brief dorthin adressiert hatte. Mir war klar, was kommen würde. Ich nahm die Pistole an mich und bin ins Büro gefahren, und es hat auch nicht lange gedauert, bis Mechthild anrief. Sie hat mir gesagt, sie müsse dringend etwas mit mir besprechen. Ausführlich. Ob wir nicht einen Spaziergang machen wollten. Meine Frau hatte schon immer die Angewohnheit, wichtige Dinge bei langen Wanderungen durch die Natur zu bereden. Wir haben uns auf diesem Parkplatz kurz hinter Raisdorf getroffen. Aber das wissen Sie ja. Auch dass wir dann am Fluss entlang gegangen sind. Es war wunderschönes Wetter. Wanderwetter. Regen hätte besser gepasst. Wir waren trotzdem praktisch ungestört.

,Ich habe Post von Britman bekommen', hat sie gesagt, und ich habe geantwortet: ,Ja, ich weiß. Ich weiß auch, was er dir geschrieben hat.'"

Gilmer machte wieder eine lange Pause.

„Sie können sich nicht vorstellen, was ich in den letzten Tagen durchgemacht habe. Erst der Streit mit Johannes, seine Drohung, mich zu ruinieren, sein Tod, und dann kamen Sie und erzählen mir, dass er möglicherweise ermordet worden sei. Britman, der mir die Schuld in die Schuhe schieben wollte und mich obendrein auch noch zu erpressen versuchte. Und dann *sein* Tod. Das alles hat mich an den Rand des Wahnsinns gebracht. Und wissen Sie was? Was das Allerschlimmste war? Der Tag danach. Gestern. Als nichts passierte. Gar nichts. Diese 24 Stunden haben mir den Rest gegeben."

Wieder trat eine lange Pause ein.

„Es war für mich furchtbar, meiner Frau alles gestehen zu müssen. Verstehen Sie? Ich habe immer versucht vor ihr – und vor allen anderen natürlich auch –, aber ganz besonders vor ihr als Macher, als Gewinner, als Mensch ohne Schwächen dazustehen, und nun musste ich ihr plötzlich eingestehen, was für ein Schwächling, was für ein Versager ich bin. Dass ich ungewollt sogar eine Mitschuld am Tod unseres Sohnes hatte. Aber ich musste ihr alles gestehen. Verstehen Sie? Und als ich mir alles von der Seele geredet hatte, habe ich die Pistole hervorgeholt und zu Mechthild gesagt, dass ich mich jetzt erschießen werde. Ich wollte mich wirklich töten, alles hinter mich lassen, aber sie hat gesagt: ‚Tu's nicht.‘ Wenn sie gesagt hätte: ‚Drück ab.‘ – Ich hätte es getan. Aber sie hat gesagt: ‚Tu's nicht.‘ Können Sie sich das vorstellen? Sie hat tatsächlich gesagt: ‚Tu's nicht.‘ Sie hat mir ganz behutsam die Pistole aus der Hand genommen und ins Gebüsch geworfen. Dann hat sie mich in den Arm genommen, und ich habe angefangen zu weinen."

In diesem Augenblick wurde ihr Gespräch durch Sattler unterbrochen. Es musste etwas wirklich Wichtiges sein, das ihn dazu brachte, sie zu stören.

„Entschuldigen Sie, aber Frau Landsberg ist gerade angekommen, mit einem Anwalt, einem gewissen Dr. Rabe, im Schlepptau. Der will Sie unbedingt sofort sprechen, Chef."

„Ich komme. Leisten Sie solange Herrn Gilmer Gesellschaft."

Jörgensen trat auf den Flur hinaus.

Dr. Rabe war ein kleiner, furchtbar fetter Kerl, ziemlich nachlässig gekleidet, aber Jörgensen wusste, dass er einen erstklassigen Ruf als Strafverteidiger hatte.

„Ich muss mich doch sehr wundern über das, was Sie hier tun, Herr Jörgensen. Wie ich höre, verdächtigen Sie Herrn Gilmer, eine besonders schwere Straftat begangen zu haben und hier finde ich Sie, wie Sie ihn verhören ohne Anwesenheit eines Rechtsbeistands, und, wie ich verstehe, ist auch kein Vertreter der Staatsanwaltschaft anwesend. Aber Letzteres ist etwas, was Sie intern zu verantworten haben."

„Sie irren sich Herr Dr. Rabe. Herr Gilmer und ich führen nur ein informelles Gespräch. Deshalb hat er auch mein Angebot, einen Anwalt hinzuzuziehen, ausgeschlagen."

„Wir wollen hier keine Haarspaltereien betreiben. Ich möchte jetzt jedenfalls auf der Stelle mit meinem Klienten unter vier Augen sprechen. Und anschließend ist es sicher das Beste, wenn Dr. Winckel als zuständiger Staatsanwalt hinzugezogen wird und das Verhör leitet. Meinen Sie nicht auch, Herr Kommissar?"

Jörgensen zuckte mit den Achseln und sorgte dann dafür, dass Gilmer und sein Anwalt Gelegenheit bekamen, ungestört miteinander zu reden. Er und Mechthild Landsberg blieben allein in seinem Büro zurück.

Jetzt war sie es, die die Schultern hob.

„Er ist mir empfohlen worden."

„Möchten Sie sich nicht setzen?"

Sie schüttelte den Kopf.

„Ob ich bei dem Verhör dabei sein kann?"

„Ich fürchte, das wäre wohl etwas zu unorthodox." Er lächelte. „Verlassen Sie sich ruhig auf Dr. Rabe." Er schwieg einen Moment. „Da fällt mir noch etwas ein. Ihr Mann erzählte mir, seine Pistole, ich meine die von seinem Großvater, liegt jetzt irgendwo in einem Gebüsch im Wald zwischen Raisdorf und Preetz. Eine geladene und voll funktionstüchtige Waffe. Die muss unverzüglich sichergestellt werden. Können Sie mir beschreiben, wo in etwa sich die Pistole befindet?"

„Eine Pistole? Ich habe keine Ahnung, wovon Sie reden. Was für eine Pistole? Ich höre hier zum ersten Mal, dass mein Mann eine Pistole besessen haben soll." Sie lächelte ein wenig gequält und verließ sein Büro.

Jörgensen setzte sich wieder hinter seinen Schreibtisch. Er war sich sicher, dass Gilmer ihm die Wahrheit erzählt hatte. Oder vielleicht auch nicht die *ganze* Wahrheit. Hatte er sich nicht vielleicht doch den Tod seines Sohnes gewünscht? Hatte Britman ihn wirklich missverstanden? War möglicherweise gar nichts misszuverstehen gewesen? Seine bürgerliche Existenz wäre zerstört worden, wenn Tycho Frenzen seine Betrügereien in einer reißerischen Reportage publik gemacht hätte. Aber letztendlich war das unerheblich. Es reichte, wenn Gilmer gestand, Britman aus Rache ermordet zu haben.

Also riss er sich zusammen und begann mit der lästigen Pflicht, alle Ereignisse der letzten Tage in Berichtsform nach und nach in einen Computer einzugeben. Irgendwann war er so weit, dass er eine Pause brauchte und da fiel sein Blick auf den kleinen Zettel auf seinem Schreibtisch. Dass Katinka angerufen hatte.

Und genau in dem Moment klingelte das Telefon und er nahm hastig ab. Aber am anderen Ende der Leitung war Staatsanwalt Dr. Winckel.

„Hören Sie, Jörgensen, die Ermittlungen im Fall Gilmer sind abgeschlossen. Herr Gilmer ist in Begleitung von Dr. Rabe bei mir erschienen. Auf Anraten seines Anwalts hat Herr Gilmer sich dazu durchgerungen, sich zu den Ereignissen einzulassen und, wie man das so nennt, ein Geständnis abzulegen."

„Was genau hat er denn gestanden, wenn Sie mir diese Frage erlauben?"

„Dass er diesen Britman versehentlich getötet hat. Er hatte ihn mit der Waffe seines Großvaters bedroht, um ihn einzuschüchtern. Er wollte ihn dazu bringen, niederzuschreiben, dass und warum er seinen Sohn getötet hat. Er hatte natürlich keine Ahnung, dass die Waffe geladen war, und selbst wenn er das gewusst hätte, wer kann ahnen, dass man noch ein dreiviertel Jahrhundert nach Ende des Krieges mit dem Ding schießen kann? Wirklich ein bedauerlicher Unfall, das müssen Sie doch auch sagen, nicht wahr? Jedenfalls ist der Fall damit für Sie erledigt."

„Darf ich fragen – nur aus reiner Neugier –, warum Britman Johannes Gilmer getötet hat?"

„Keine Ahnung, und ich weiß auch nicht, ob das wichtig ist. Britman können wir ja nicht mehr anklagen. Aber wenn ich eine Vermutung wagen darf: Könnte es nicht sein, dass auch Britman in dieses Mädchen, diese Marit May verliebt war und dass er seinen Nebenbuhler aus dem Weg räumen wollte? Das wäre doch eine plausible Erklärung. Das müssen Sie zugeben, Herr Jörgensen. Jedenfalls möchte ich Ihnen ausdrücklich meine Anerkennung für Ihre hervorragende Arbeit aussprechen. Ohne den von Ihnen und Ihrem Team aufgebauten Ermittlungsdruck hätte Herr Gilmer wohl nicht den Entschluss gefasst, sich uns zu offenbaren. Ich werde mich auch Kriminaloberrat Holm gegenüber entsprechend äußern. Ja, das war wirklich eine hervorragende Zuarbeit durch die Kripo, auf die Sie zu Recht stolz sein können."

Nachdem Jörgensen aufgelegt hatte, überlegte er, ob er mit Holm über den Fall reden sollte, aber ihm war sofort klar, dass das sinnlos war. Er hatte verstanden. Die Geschichte, die sie Dr. Winckel aufgetischt hatten, war zwar ziemlich absurd, aber wenn der Anwalt, dieser Dr. Rabe, erst einmal Ecken und Kanten ein wenig geglättet hatte, würde Dr. Winckel Stein und Bein schwören, dass es gar nicht anders hätte gewesen sein können, und am

Ende würde auch ein wohlgesonnener Richter dieses Geständnis Gilmers mit väterlicher Miene abnicken.

Er war ziemlich angefressen, als er nach Hause kam, und Sabrina merkte das sofort. Als er sein Sakko an der Garderobe aufhängte, öffnete sie die Tür zum Hausflur wieder.

Jörgensen sah sie irritiert an.

„Beruflichen Ärger bitte draußen lassen. Jetzt ist Feierabend. Oder es gibt heute Abend für dich nur Wasser und Brot."

„Und was sonst?"

Sabrina grinste und mit einem listigen Zwinkern sagte sie:

„Kutteln auf florentinische Art."

Da konnte Jörgensen nicht anders. Er fing an zu lachen und wollte gar nicht wieder aufhören.

Dank schulde ich allen, die mich als Ratgeber und Fachleute oder als Testleser bei der Entstehung dieses Buches unterstützt haben. So blieben dem Leser manche Fehler erspart. Für die immer noch vorhandenen Fehler liegt die Verantwortung allein bei mir. Einige inhaltliche Anregungen haben dazu beigetragen, die Geschichte lesbarer und verständlicher zu machen, und die Anregungen, die ich nach langem Abwägen nicht berücksichtigt habe, haben zumindest mir selbst geholfen, meinen Roman besser zu verstehen. Ich danke Jeanette, Marianna, Sabine, Susanne, Christopher, David, Jörg, Ralph und Torsten.

D.G.A.

.